Martin Millard

Weißes Fleisch

1. Teil

Meine Geschichte beginnt in der Mitte von Europa. Vielleicht werden Sie sagen, sie beginnt doch in Wien. Nein, sie beginnt in der Mitte von Europa – 1200 Kilometer entfernt von Moskau, 1200 Kilometer entfernt von Paris – in Galizien, das damals der Mittelpunkt meiner Welt war.

1. Kapitel

Mit einem Schlag war es totenstill geworden im Café Central. Ferdinand Brunner hatte sich von seinem Platz in der ersten Reihe erhoben und genoss es, dass die Blicke aller Gäste auf ihm ruhten. Er wandte sich betont langsam dem Orchester zu und gab mit einer unmerklichen Handbewegung dem Kapellmeister das vereinbarte Zeichen. Sofort setzte Musik ein. Wie von Zauberhand wurden die Kronleuchter nach und nach eingeschaltet, das Publikum raunte, einige Mutige applaudierten. Die Ballkleider strahlten gleißend weiß, als die Debütantinnen mit ihren Tanzpartnern in der Mitte des Saals zur Eröffnungspolonaise ansetzten. Sie strahlten heller als beim Wiener Hofball! Darüber waren sich alle Anwesenden später einig.

Und genau so hatte Ferdinand Brunner das geplant. Der „Ball der Philanthropen“, der an dem Abend des 17. November 1899 zum ersten Mal die Wiener Ballsaison eröffnete, sollte prunkvoller werden als all die höfischen Bälle, zu denen das hier versammelte Wiener Bürgertum nie Zutritt hatte. Die Billetts waren schon am Ausgabetag sämtlich verkauft, und das, obwohl die Presse sich über die hohen Preise echauffierte. Das Gerücht, dass für den Ball nur die schönsten Wiener Mädchen aus einer riesigen Zahl Bewerberinnen ausgewählt wurden, war sicherlich für den Erfolg hilfreich. Aber vielleicht war es auch der Umstand, dass der Erlös des Balls einem wohltätigen Zweck zukam – dem Waisenheim, das die „Wiener Societät der Philanthropen“ kurz vorher eröffnet hatte.

Und wer hätte so einen Ball besser planen können als Brunner, der Gründer der Societät? Unter den bürgerlichen Aufsteigern des vergangenen Jahrzehnts war er unbestritten die schillerndste Gestalt. Über seine Herkunft rankten sich zahlreiche Gerüchte. Durch seine Heirat in eine der reichsten Wiener Familien vor fünf Jahren trat er aus dem Nichts auf die Bühne der Hauptstadt der Österreichisch-Ungarischen Monarchie. Seine Prunkbauten auf der durch die Schleifung der Stadtmauer entstandenen Ringstraße machten ihn zu jemand, an dem niemand vorbeikam. Und jetzt baute er die Villenvororte für die – wahrlich nicht wenigen – zu einigem Wohlstand gekommenen Wiener Familien vor den Toren der Stadt. Sein hoch gewachsener athletischer Körper, sein markantes Kinn und seine Narbe über der linken Augenbraue waren unübersehbar und Gegenstand vieler Feuilletons. Egal wo er auftauchte – es wurde still, die Gespräche verebbten, und die Anwesenden schauten zu ihm auf.

An diesem Freitag im Jahr 1899 ereigneten sich aber noch zwei weitere, sehr entscheidende Dinge. Die einen werden sagen: Das ist Zufall, so etwas passiert nun einmal! Romantischer gesinnte Naturen werden es vielleicht Schicksal nennen. Denn obwohl die Ereignisse auf dem ersten Blick nichts miteinander zu tun hatten und sich zudem Hunderte Kilometer entfernt voneinander abspielten, änderten sie nicht nur mein Leben schlagartig, auch wenn ich das erst sehr viel später erkennen sollte.

Der eine Vorfall war eigentlich schnell wieder vergessen. In Tysmenitz, einem kleinen Schtetl südlich von Lemberg im armen Osten unserer großen Monarchie, machte ein ebenfalls sehr bedeutender Mann eine unmerkliche Handbewegung – er gab mit einem Zeichen zu verstehen, dass die Hochzeit für ihn nun vollzogen sei. Rabbi Kohn stand mit dem Brautpaar unter einem fleckigen, einstmals weißen Baldachin und wartete nur noch darauf, dass der Bräutigam symbolisch das Weinglas zertritt, so wie es dort nun einmal Brauch ist. Es waren nur wenige Gäste anwesend, eigentlich neben der Familie der Braut nur zwei, drei Trunkenbolde aus der Umgebung, die auf einen kostenlosen Schnaps nach der Zeremonie hofften. Da statt des teuren Weinglases nur eine leere Weinflasche zur Hand war, tat sich der Bräutigam – Adam Schick, ein junger, leicht unpassend in einem schwarzen Rock mit protzig-goldenen Knöpfen gekleideter Mann – schwer, die Flasche zu zertreten, weshalb die junge, kaum erwachsene Braut mit seltsam kurzen Haarschnitt, und in ein gebrauchtes, aber perfekt geschnittenes weißes Kleid gehüllt, die Flasche ergriff und beherzt an die nächste Wand warf, wo sie vor den ungläubig zuschauenden Anwesenden schließlich laut scheppernd zerbrach. Die Braut hieß Anna Löw und wurde so in Tysmenitz für einige Wochen zum Tagesgespräch. Von ihr wird, so viel sei verraten, noch viel zu hören sein.

Der zweite Vorfall ging in Wien wegen des großen Philanthropen-Balls erst unter, um die Öffentlichkeit dann aber Tage, ja noch Wochen später umso stärker zu beschäftigen. Im Wiener Viertel „Am Graben“ stand in der Dämmerung an diesem Freitag der Gendarmerieoberinspektor II. Klasse Leopold Wolf vor der Tür eines eigenartigen Gebäudes, das in der Stadt nur als „Die Kleiderkammer“ bekannt war. Eine unmerkliche Handbewegung von ihm genügte, und seine Gendarmen traten die Tür ein und erstürmten mit aufgepflanzten Bajonetten bewaffnet das Haus. Sie rannten an vor Angst schreienden halb entblößten Mädchen und an weniger schreienden, aber meist ebenso entblößten Männern vorbei, die sich so gut es ging hinter den Betten versteckten. Als die Gendarmen in einem der hintersten Zimmern schließlich fanden, was sie gesucht hatten, mussten die meisten sich erbrechen. Der Gendarmerieoberinspektor Wolf gab später zu Protokoll, es sei der schlimmste Anblick gewesen, den er in seinen 30 Dienstjahren jemals ansehen musste. Auf einem blutüberströmten Bett lag ein vielleicht 16-jähriges Mädchen – so genau konnte man das nicht mehr sagen. Gekleidet in ein zerfetztes weißes Ballkleid, das von Blut tiefrot gefärbt war.

---

2. Kapitel

Der Zug aus Wien war pünktlich. Ehrfurcht erregend laut gellten die Bremsen der vor kurzem erst in Betrieb genommenen schwarz lackierten Schnellzuglokomotive Florisdorf 2B, als sie sich stolz in die Bahnhofshalle schob. Die Heizer hatten ihren Spaß und legten den ganzen Bahnhof mit dem überschüssigen Kesseldruck in dichten Nebel. Ich hatte zwei junge Polizisten mitgenommen. Zu dritt bahnten wir unseren Weg durch die Menschenmasse, die aus der Vorhalle auf den Bahnsteig quoll. Die Autorität unserer Uniformen tat ihre Wirkung.

Die Auswanderer aus dem Osten hatten Lembergs Straßen und Plätze seit Monaten in Beschlag genommen. Sie kamen aus der galizischen Provinz, aus den äußersten Winkeln unseres Kaiserreichs, sie kamen ausgezehrt mit leeren Mägen und berstenden Koffern. Besonders das Bahnhofsgelände bot einen traurigen Anblick. Väter mit vor Sorge irr flackernden Blicken, Mütter, die frierend in dünne Decken gehüllt auf dem Boden kauerten, auf dem Schoß schmutzige Kinder, die schon lange nicht mehr weinten, weil sie wussten, dass das keinen Unterschied mehr macht. Sie alle einte nur die eine vage Hoffnung: Schnellstens weiter – auf nach Amerika! Das Bahnticket, sorgfältig gefaltet und Hunderte Male wieder aufgefaltet, das sie sorgsam vor fremden Augen unter ihren Mänteln wie eine Schatzkarte verbargen, war ihre letzte Hoffnung auf Erlösung.

Ich war – das muss ich zugeben – an diesem Tag ein wenig unsicher. Seit ich vor zwei Jahren die Polizeikommandantur in Lemberg übernommen hatte, war noch nie Besuch aus der Hauptstadt gekommen. Für die Wiener Bürokratie waren wir hier die tiefste Provinz. Aus der Depesche, die gestern kurz vor Dienstschluss mit drei Zeilen, die schon aufgrund ihrer hohen Kosten Dringlichkeit signalisierten, aus dem Fernschreiber kroch, wurde ich auch nicht recht schlau. Ein Polizeiagent, Ignaz Ritter von Piechlan, kündigte sein Kommen an und fügte nur die Stichworte „Verhaftung“ und „Zuhälterring“ hinzu, dafür aber umso ausführlicher seine Hotelwünsche.

Wir hatten kaum die 1. Klasse erreicht, als ein leicht untersetzter Mann in einem schwarzen Cutaway unter einem schief sitzenden grauen Staubmantel, mit einem rundlichen, leicht geröteten Gesicht, das von einem verbeulten Fedora halb versteckt wurde, laut fluchend einen Gepäckträger vor sich her drängte. Als er uns entdeckte, bog er schnurstracks in unsere Richtung ab.
Das ist also dieser vornehme Ritter. Ein wenig enttäuscht war ich schon.
„Das soll ein Bahnhof sein? Das ist ein Rattenloch!"
Unser Gast aus Wien wischte sich trotz der spätherbstlichen Kälte einigen Schweiß von seiner Stirn.
„Darf ich mich vorstellen? Polizeiinspektor Jacob Adler. Dies sind meine Mitarbeiter", antwortete ich förmlich und nahm Haltung ein.
Aber unser Gast reagierte nicht und strebte unter Einsatz seiner Ellenbogen weiter in Richtung Ausgang. „Nennen Sie mich Ignaz."

Meine Adjutanten schauten mich fragend an, ich zuckte mit den Schultern. Für diesen Mann hatten wir uns extra fein geputzt und unsere Ausgehuniformen reinigen lassen, wir Provinzler. Wir drängten uns vor und ihm den Weg frei. Kurz vor meinem Auto verscheuchten wir noch eine Gruppe Männer in ihren typischen, grotesk zusammengestellten Ausgehanzügen mit Blumensträußen in der Hand. Schlepper, die hier in Gruppen den jungen Flüchtlingsmädchen nachstellten – und die aus Gewohnheit die Polizei meiden.

„Wie kommt ein kleiner Polizist in diesem Nest zu so einem Automobil?"
Zumindest diese Überraschung war mir geglückt. Während ich den Motor ankurbelte, antwortete ich kurz und ein wenig stolz. „Das ist eine lange Geschichte. Ich habe den Franzosen geholfen, die Hinterachse zu entwickeln. Steigen sie ein."

Wir hätten unseren Gast auch mit einer Pferdekutsche abholen können, aber ich hatte eine leichte Vorsehung, dass mich mein neues Zweizylinder-Fahrzeug in den Augen des Wiener Polizeiagenten etwas bedeutender erscheinen lassen würde. Von dem De Dion-Bouton

Populaire gab es noch nicht viele Exemplare auf der Welt, und unser Wiener Gast hatte sicherlich noch kein Exemplar sehen können. Der Motor sprang sofort an. Ignaz nahm neben mir Platz, was mir zeigte, dass er noch nie ein Automobil gefahren ist – in England lassen die hochgestellten Persönlichkeiten sich auf dem Vordersitz chauffieren. Jetzt vergnügten sich meine beiden Adjutanten feixend auf den besten Plätzen. Ignaz war es egal, stolz schaute er über die gaffende Menschenmenge hinweg, als wir langsam über den Bahnhofsvorplatz rollten.

Lemberg hatte im vergangenen Jahrzehnt einen ungeheuren Aufstieg erlebt. Die Hauptstraße wurde gepflastert, reiche Kaufleute ersetzten die mittelalterlichen schiefen einstöckigen Holzhäuser nach und nach nach Pariser Manier mit Bürgerhäusern „à la Haussmann“. Cafés mit Wiener Besitzern und dreistöckige Geschäfte mit noch größeren Schaufenstern lockten Passanten. Ein Anblick, der viele Lemberger nicht wenig stolz machte.

„Ich weiß nicht, wie Sie es hier aushalten.“ Ignaz hatte sich wieder gefangen und starrte die vielen Flüchtlinge in den Straßen an. „Alles Juden. Wo wollen die hin?“
„Es sind arme Menschen“, antwortete ich. „Wir hatten zwei Missernten durch die Dürre. Die Menschen wissen nicht mehr, von was sie leben sollen.“
„Wenn sie in die weite Welt ziehen, umso besser. Weniger Kriminalität.“ Ignaz spuckte aus. „Hauptsache sie kommen nicht nach Wien.“
Wir passierten ein unübersehbares Straßenschild – ich hatte es in ganz Lemberg aufhängen lassen, 200 an der Zahl.

Achtung Tuberkulose! Zur Förderung der öffentlichen Gesundheitspflege wird dringend ersucht, nicht auf die Straße zu speien.

Auch Ignaz hatte es bemerkt. „Das kann ich nur unterstützen“, sagte er, „die bringen uns nur Schmutz, Seuchen und Gewalt.“
„Tuberkulose kann jeder bekommen, das ist wissenschaftlich erwiesen“, erwiderte ich.

Ignaz dachte kurz nach.
„Ich bin Christ, ich bekomme so etwas nicht.“
„Bedenken Sie, dass die Seuche selbst Kaiser Franz Ferdinand fast dahin gerafft hätte“, antwortete ich.
Ignaz schwieg.

In meinem Büro nahm er sofort meinen Lehnstuhl in Beschlag. Er ließ sich einen Tee bringen, in den er geübt ein, zwei Schluck bernsteinfarbener Flüssigkeit aus einer Metallflasche goss, die er in der Westentasche trug. Gelangweilt schaute er sich um.
„Lassen Sie mich zur Sache kommen, ich muss übermorgen mit dem Zug wieder nach Wien. Vor zehn Tagen gab es bei uns leider einen – wie soll ich sagen? – unangenehmen Vorfall, und obwohl der vollkommen unbedeutend war, erregt er doch immer noch viel Aufsehen. Vielleicht haben sie davon gehört.“
Ich schaute ihn fragend an. Ignaz verdrehte mit gespieltem Affekt die Augen. „Na, wie auch... Ein Mädchen, sie war wohl aus Lemberg, wurde ermordet. Und wir müssen die Täter finden und verhaften. Zwei Zuhälter, auch aus Lemberg. Hier ist ein Foto vom Opfer.“

Das Tatortbild, das Ignaz aus seiner Aktentasche zog, war schrecklich. Die Augen des Mädchens waren weit aufgerissen, ihr Torso war kaum noch auszumachen vor lauter Blut. Sie war wohl in etwas Weißes gekleidet gewesen und muss einmal sehr hübsch gewesen sein. „Erkennen Sie sie?“, fragte Ignaz gelangweilt.
„Nein“, antwortete ich, noch immer in Gedanken versunken.
„Egal, wir suchen ja auch ihre Mörder. Ich will sie morgen haben und nach Wien mitnehmen.“ „Bis morgen? Wie soll das gehen? Sie haben doch gesehen, wie es da draußen aussieht.“
„Wenn ich sage: bis morgen. Dann meine ich: bis morgen.“
Ignaz setzte ein Lächeln auf.
„Wen suchen wir denn?“ Ich versuchte das schreckliche Bild zu vergessen.
„Zwei Brüder. Ilya und Yegor. Wie gesagt: Zwei Zuhälter.“
„Ilya und Yegor? Ich glaube, ich weiß, wen sie meinen. Die beiden Brüder sind aber eher Schlepper. Kleine Fische in der Poltwa. Die waren

noch nie in ihrem Leben an der Donau.“ Ich konnte noch immer nicht das Bild des Mädchens vergessen. „Welche Beweise haben sie denn gegen die beiden?“
„Das lassen sie mal mein Problem sein. Ich will sie haben. Morgen.“

Bevor ich antworten konnte, war Ignaz aufgestanden und schaute sich in meinem Büro um. Zielstrebig steuerte er mein kleines Labor an der Stirnseite des Büros an.
„So, so! Ein Hobby-Alchemist sind sie auch.“ Achtlos nahm er ein mit Lösungsmittel gefülltes Reagenzglas aus seiner Halterung und musterte den Inhalt, wie jemand, der in einem Kramladen den Preis herunterhandeln will. „Haben Sie schon Gold hergestellt?“
„Ich bin mir sicher, dass das die Polizeiarbeit revolutionieren wird“, antwortete ich. „Damit können wir Tatorte genauer untersuchen und Spuren sichern.“
„Wer ist denn bitte “wir„? “Wir„ in Wien machen so etwas nicht.“
Ich stand auf und nahm Ignaz das Reagenzglas aus der Hand. „Das macht die Polizei in Paris, und das macht die Polizei in Lemberg“, antwortete ich leicht gekränkt, aber Ignaz war schon weiter gezogen und schlug gegen den kleinen Lederball, den ich in der Mitte des Raumes zwischen Decke und Boden befestigt hatte.
„Das ist schon eher, was ich verstehe“, murmelte er, während er unbeholfen den Ball in Bewegung zu halten versuchte.
„Ich boxe. Das hilft, wenn man jeden Tag auf der Straße ist“, antwortete ich.
Ignaz drehte sich um. „Ich mag es rustikaler“, sagte er und zog einen kleinen Revolver aus dem Revers.
„Haben Sie wie vereinbart die Suite im Grand Hotel reserviert?“
„Mein Mitarbeiter bringt sie hin. Bitte erwecken Sie so wenig Aufsehen wie möglich. Je weniger wissen, dass Sie hier sind und wer Sie sind, desto größer die Chance, dass die beiden, die Sie suchen, bis morgen nicht abtauchen.“

3. Kapitel

Es hatte ungewöhnlich starken Frost gegeben über Nacht. Meine beiden Mitarbeiter und ich saßen frierend auf der Kutsche und warteten auf Ignaz vor dem wunderschön barock verzierten Eingang des Lemberger Grand Hotels. Ich hatte beschlossen, wieder in zivil aufzutreten und schmiegte mich in meinen schweren Mantel. Schließlich bewegte sich die goldene Drehtür und Ignaz trat laut schimpfend auf die Straße.
„Warum in Gottes Namen so früh?" Missmutig nahm er neben mir auf der Droschke Platz, und ich setzte die Pferde in Bewegung. „Ich habe gestern Nacht noch herausfinden können, wo die beiden immer übernachten, wenn sie in Lemberg sind. Wir müssen dort sein, bevor sie weiterziehen."
Ignaz schaute sich um.
„Und wir vier sind die einzigen, die die beiden verhaften?"
„Ich habe noch zwei Kutschen mit insgesamt acht Mann. Sie sind schon vor Ort."

Wir erreichten die Grenze des Innenstadtbezirks, wo die Straßen nicht mehr gepflastert sind und die Kutschen sich in jedem Frühjahr nach der Eisschmelze tiefer in den aufgeweichten Lehm einfräsen. Unsere Kutsche sprang schwer durch die gefrorenen Furchen, was eine Unterhaltung unmöglich machte – und was mir auch ganz recht war. Wenn meine Informationen stimmten, hatten Ilya und Yegor Quartier in einem alten Gasthof am Stadtrand bezogen, der schon vor Jahren geschlossen wurde und heute hauptsächlich als Durchgangsstation für Auswanderer genutzt wurde. Gerüchteweise soll der Hof auch lange Zeit ein Bordell beherbergt haben.

Bis zum Sonnenaufgang war es noch eine gute Stunde, und auf unserer Fahrt sahen wir nur wenig Lebenszeichen in der stockdunklen Nacht. Vereinzelt flackerten Lichter hinter den geschlossenen Fensterläden auf, wir waren in einem der ärmeren Teile Lembergs gelandet. Die ersten Öfen wurden angeworfen, geheizt mit all dem, was die Bewohner am

Vortag finden konnten, aus den Schornsteinen quoll schwarzer Rauch. An einer Kreuzung machte ich Halt und gab Ignaz ein Zeichen abzuspringen. Aus der Dunkelheit kam uns Gabriel entgegen, einer meiner besten Männer. Er salutierte kurz.
„Alles ruhig im Haus. Es gibt neben dem Vordereingang noch eine Tür zum Hof. Das Gebäude ist sehr verwinkelt gebaut. Aber außer diesem Fenster im 1. Stock gibt es keine weiteren Fluchtmöglichkeiten.“
Er zeigte auf ein Fenster, davor war ein kleines Gartenstück, dann kam schon die Straße, auf der wir standen.
„Das Fenster sichere ich“, sagte Ignaz bestimmt.
Ich wandte mich an Gabriel. „Dann übernehmen Sie mit zwei Leuten den Hintereingang, ich mit dem Rest den Vordereingang, im genau fünf Minuten ab jetzt. Die genauen Personenbeschreibungen kennen alle?“
Gabriel nickte, wir trennten uns und ließen Ignaz zurück.

Dann ging alles sehr schnell. Meine Polizisten hatten solche Momente häufig geübt, darauf habe ich stets Wert gelegt. Tür öffnen, sichern, Raum durchsuchen, nächster Raum. Nichts deutete daraufhin, dass die beiden Gesuchten zu Gewalt neigten. Und wir hatten ja die Überraschung auf unserer Seite.

Den Haupteingang konnten wir ohne Mühe öffnen. Wir standen im früheren Schankraum, der mit Kisten und Koffern verstellt war. Mit unseren Petroleumlampen arbeiteten wir uns schnell vorwärts, aber wir hatten nicht damit gerechnet, dass im hinteren Teil des Raums am Kamin eine Familie übernachtete. Der Schein der Lampe weckte ein Kleinkind, und schnell ging im ganzen Haus das Geschrei los. Jetzt wurden wir doch hektisch und vergaßen die eingeübte Ordnung. Wir rannten in den ersten Stock und stiegen über verängstigte Familien. Das Geschrei der Kleinkinder wurde immer lauter. Zimmer für Zimmer arbeiteten wir uns vor, bis wir schließlich in einem hinteren Raum die schattenhaften Umrisse eines Mannes aus dem geöffneten Fenster springen sahen.

„Halt! Gendarmen des Kaisers! Sie sind verhaftet!“

Nur eine Sekunde später dröhnte ein Schuss durch das Haus. Er kam von draußen. Ich lief zum Fenster, konnte aber in der Dunkelheit nichts sehen. Ich stürzte die Treppen herunter und zurück zur Stelle, wo wir Ignaz zurück gelassen hatten. Zu meiner Erleichterung sah ich ihn dort unverletzt stehen. Doch dann erschrak ich. Im Kegel meiner Lampe sah ich einen Mann liegen. Es war Yegor. In der linken Augenhöhle klaffte ein großes Loch, aus dem das Herz mit schwächer werdendem Rhythmus Blut pumpte. Er stöhnte noch, aber die Schnappatmung hatte bereits eingesetzt. Kurz darauf war er tot.

„Den haben wir." Ignaz lächelte triumphierend und bewunderte im Schein meiner Lampe seinen Revolver.

Ich ging wortlos zur Kutsche, beruhigte die Pferde und holte meinen Tatortkoffer. Ignaz wurde unruhig, als ich zurück kam.
„Was ist das? Was machen Sie?", fragte er.
„Hier liegt ein Toter, und ich untersuche den Tatort", erwiderte ich.
„Was soll das? Wir haben den Mörder, der Rest interessiert nicht." Ich untersuchte seine Kleidung.
„Warum haben Sie ihn erschossen?"
„Es war Notwehr."
„Er war unbewaffnet."
„Das habe ich nicht sehen können. Ich befehle Ihnen sofort aufzuhören, sonst ist Ihre Leben hier beendet. Haben Sie den Bruder?"

Ich stand auf und sah mich um. Unter dem Fenster sah ich Yegors Mantel.
„Der Bruder war diese Nacht wohl leider nicht im Haus", antwortete ich und zog den Mantel in das Licht meiner Lampe.
„Was wollen Sie mit diesen Lumpen? Können wir nicht gehen? Mir wird kalt." Ignaz wurde ungeduldig.
„Es ist immer interessant zu sehen, was jemand auf der Flucht mitnimmt und was nicht." Ich fand im Innenfutter ein kleines Notizbuch. So viel konnte ich im Lichtkegel erkennen: Yegor hatte in Chiffren eine Art Tagebuch geführt, jede Seite hatte er mit einem Datum versehen. Auf der letzten Seite standen zwei Wörter im unbeholfenen Yiddisch:

„minkhe“ und „russak“.

„Ich glaube, ich weiß, wo sein Bruder ist“, murmelte ich.

Gabriel war hinzugetreten. Er führte eine Frau mit, die mit weit aufgerissenen Augen auf den toten Yegor im Schein meiner Lampe blickte.
„Eine Engelmacherin?“ fragte ich.
Gabriel nickte. Die Frau begann laut und ohne Unterlass zu schreien und sich aus dem Griff Gabriels zu winden.
„Ich bin unschuldig! Ihr seid die Mörder, Ihr!“
„Wir haben sie in einem Zimmer mit drei Säuglingen gefunden, zwei sind tot“, berichtete Gabriel ruhig und ließ die tobende Frau gewähren.
„Ihr seid die Mörder, Ihr!“
„Bringt sie auf die Wache und den überlebenden Säugling in das Spital. Vielleicht können wir ihn noch retten.“ Ich bedeckte Yegor mit seinem Mantel. „Und sorgt dafür, dass der arme Teufel hier ein ordentliches Begräbnis bekommt.“

Ignaz stand die ganze Zeit über stumm daneben, fing sich aber schnell.
„Engelmacherin? Was ist das nun wieder?“
Wir gingen zurück zu Kutsche, und ich verstaute meinen Koffer.
„Hoffnungslose Mütter, die nicht wissen, wie sie ihre Kinder noch ernähren können, bringen die Neugeborenen zu Frauen wie ihr. Und die lassen die Kinder dann verhungern. Daher nennt man sie Engelmacherinnen. Die Mütter reden sich ein, den Kindern gehe es gut. Ein grausamer Selbstbetrug.“

Langsam setzte die Dämmerung ein. Ignaz kletterte auf die Kutsche und schaute zurück. „Engelmacherin! Wir hätten dieses gottlose Galizien nie in unser Kaiserreich aufnehmen dürfen. Kleine Kinder! Gottes Geschöpfe! Zum Glück bin ich morgen wieder weg.“
Er nahm einen Schluck aus seiner Taschenflasche.
„Was haben Sie in dem Notizbuch gefunden?“

Meine beiden Mitarbeiter sprangen als letzte auf, und ich setzte die Pferde in Bewegung. Ich dachte nach. Soll ich diesem unberechenbaren Ignaz auch noch Ilya ausliefern? Aber vielleicht hatte sich Ignaz

wirklich bedroht gefühlt – alleine, in der Dunkelheit, in einer ihm unbekannten Stadt. Ich beschloss kurzerhand, die Pferde stadtauswärts zu lenken. Gabriel hatte mit seiner Kutsche aufgeschlossen und folgte uns.
„Yegor hat in dem Büchlein all seine Termine notiert. Heute wollte er zum Nachmittagsgebet, also nachmittags, bei einem "Russak„ sein. Ich kenne nur einen Russak, und der besitzt eine Kaschemme in Tysmenitz. Das ist ein Schtetl südlich von hier. In dieser Kneipe rekrutieren viele Schlepper ihre Opfer. Dort fahren wir hin. Wahrscheinlich treffen wir dort seinen Bruder, die haben immer alles zusammen gemacht."

Ignaz schien zufrieden. Langsam ging im Osten die Sonne auf und warf lange Schatten auf die Umgebung. Wir hatten die letzten Häuser Lembergs zurück gelassen. Zur linken, so weit das Auge reichte, verdorrte Stoppelfelder, über die der eisige Wind fegte. Ein, zwei eingefrorene Heuballen am Straßenrand waren die einzigen Hinweise auf menschliches Leben. Zur rechten war die Landschaft von kleinen Kratern übersät, aus denen vor Jahren einmal dilettantisch Öl gefördert wurde. Vereinzelt ragten aus der vernarbten Landschaft schiefe Bohrtürme heraus, verkrüppelte Zeugen des kurzen galizischen Öl-Booms. Und uns voraus zeichnete sich ein seltsames Schauspiel ab. Eine Gruppe von gut drei Dutzend Menschen kam uns entgegen, die ganze Breite der Landstraße nutzend. Als wir näher kamen, hörten wir ihre traurigen Gesänge. Ich fuhr rechts ran, um sie passieren zu lassen.

„Wir nennen sie Fußgeier. Fußgänger", erklärte ich Ignaz ungefragt.
„Gefährlich?"
„Ungefährlich. Das sind streng religiöse Menschen, die auf dem Weg ins gelobte Land sind. Wo immer das liegen mag."
Die Gesänge wurden lauter. Die Fußgeier ignorierten uns, ihre Gesichter waren ausgemergelt, aber in Trance entrückt, ihre erhobenen Atme waren ständig in Bewegung und schienen etwas Unsichtbares fassen zu wollen. Unbeirrt prozessierten sie an uns vorbei, als plötzlich eine Frau aus der Gruppe zu torkeln anfing und seitlich umfiel. Die anderen beachteten sie nicht weiter und liefen über sie hinweg. Als die Gruppe

vorbei war, stieg ich ab. Die Symptome waren eindeutig. Blutiger Auswurf rann aus ihrem Mund, die Augen waren bereits starr, sie zuckte nur noch einmal kurz. Dann war sie tot.

„Schwindsucht! Abstand halten!“

Ich wies meine Adjutanten an, die Frau zu begraben, ohne sie zu berühren. Sie sollten dann mit Gabriel nachkommen. Auf der Kutsche hielt sich Ignaz inzwischen ein Taschentuch über Mund und Nase. Ich beruhigte ihn.
„Auf diese Distanz können Sie sich nicht anstecken.“
Er schüttelte den Kopf und wies auf einen Hügel auf der anderen Seite der Kutsche. Erst jetzt bemerkte ich auch diesen schrecklichen süßlichen Geruch. Der Hügel schien pechschwarz zu sein. Zwei Krähen hatten ihn in der Morgensonne entdeckt und flogen auf ihn zu. Sie scheuchten Millionen schwarze Käfer auf und gaben das weiße Fleisch eines verwesenden Schimmels frei.

Tysmenitz erreichten wir nach drei Stunden, etwa zur Mittagszeit. Die kleine Ortschaft setzte sich aus ein paar modernen Verwaltungsgebäuden an der Durchgangsstraße und dem dahinter liegenden Schtetl zusammen, das aus kleinen ärmlichen Häusern mit meist zwei, drei Zimmern im Erdgeschoss und einem Keller bestand. Viele Häuser standen leer und verfielen. Die Dächer waren von der Schneelast der letzten Winter eingedrückt, die Türen zugenagelt. Eine beklemmenden Endzeitstimmung lag bleischwer auf den schiefen, von den strengen Jahreszeiten ausgemergelten Gässchen. Das Zentrum bestand aus einem kleinen Marktplatz mit einer schmucklosen Synagoge und Russaks Kaschemme gleich nebenan. Es begann zu schneien. Kleine weiße Flöckchen tänzelten unbeholfen über den Platz und lösten sich sich auf, bevor sie den rettenden Lehmboden erreichen konnten.

Unser Ankommen wurde schnell bemerkt und misstrauisch beäugt. Eine Gruppe von jungen Schleppern, Anfang zwanzig und fein herausgeputzt, stand auf dem Platz. Einen erkannte ich – Adam. Ich hatte ihn bereits zweimal in Lemberg wegen Zuhälterei verhaftet. Ein hübscher Junge, hochgewachsen, sehr selbstbewusst, ein dunkelhaariger Frauenheld. Ansonsten hatten sich so früh nur zwei Händler auf dem Markt verirrt und froren missmutig hinter ihren Handkarren mit dem immer gleichen Angebot an Steckrüben und getrockneten Bohnen und befeuerten ihre großen dampfenden Töpfe mit Wareniki oder was auch immer. Kunden hatten sie keine, nur ein junges Mädchen mit einer schweren Tasche verhandelte an einem Stand gerade den Preis der Auslagen.

Vor der Synagoge lagen zwei Männer betrunken am Straßenrand. Zwei andere studierten ein großes buntes Plakat einer Auswanderungsagentur, das wohl gerade aufgestellt worden war und eine tropische Plantage im Sonnenlicht zeigte. Ein Mann lief uns achtlos vor die Kutsche, laut schreiend. Ich musste abrupt die Pferde zügeln.
„Kann der nicht aufpassen? Was schreit der? Was ist das für eine grässliche Sprache?“ Ignaz war, seit der Weg passierbar wurde, schnell eingenickt, jetzt aber wieder hellwach.
„Das ist das typische wilde jiddisch-polnische Durcheinander der fahrenden Händler“, antwortete ich. „Er behauptet, dass der Kaiser von Argentinien Siedler aus Galizien sucht. Sehr dringend sogar. Bewerber sollen sich bei Russak einfinden. Und dort wollen wir ja auch hin.“

Ich machte vor der Synagoge halt und drückte einem der Händler zwei Heller in die Hand, damit er auf die Kutsche aufpasste. Er schien sich mit Pferden auszukennen. Auf unserem Weg mussten wir die Gruppe der Schlepper passieren, die gerade das Mädchen mit ihrem schweren Einkauf gestellt hatte und mit kleinen Geschenken zu beeindrucken versuchte. „Pass auf, die wollen Dir nichts Gutes“, rief ich dem Mädchen zu, das schnell die Chance nutzte und in einer Seitengasse verschwand. Ein Schlepper mit einem blauen Anzug und einer vertrockneten roten Rose in der Brusttasche baute sich drohend vor mir auf. „Was bildest Du Dir ein, was willst Du hier? Mädchen ansprechen ist nicht verboten! Die Mädchen freuen sich doch, wenn jemand ihnen Aufmerksamkeit schenkt.“
„Und die wollen doch eh alle weg“, warf ein zweiter ein und lachte.

Ich sah kurz in den blauen Himmel, dann wurde mir schwarz vor Augen. Ich sehe mich als kleinen Jungen, vor mir steht eine junge Frau. Sie streichelt mir über das Haar und sagt „Mach Dir keine Sorgen. Ich schicke euch Geld und bin bald wieder zurück.“ Sie dreht sich von mir ab und einem elegant gekleideten Mann zu.

„Und wer bist Du überhaupt?“ Der Schlepper im blauen Anzug riss mich mit einem Stoß gegen meine Schulter aus meinem Traum.
Ich fing mich wieder und schaute zu Adam herüber. „Einer von Euch hier weiß genau, wer ich bin.“ Ich nickte Adam zu.
Der junge Schlepper ließ sich aber nicht beirren und hob seine Fäuste. Ich ging ganz gemächlich in Verteidigungshaltung über. Endlich griff Adam ein und legte beschwichtigend seine Hände auf die Fäuste seines Freundes. „Ich kenne den“, sagte er zu ihm, „das ist ein Polizist aus Lemberg. In Zivil. Und glaube mir, der kann boxen. Frankonistisches Boxen oder so heißt das. Der macht dich fertig, ohne dich nur einmal anzuschauen.“
„Man nennt es französisches Boxen“, antwortete ich. Der Schlepper wich zur Seite, drohte dennoch leiser fluchend weiter – mit dem wütendem Gesicht eines Hilflosen, der ahnt, dass er in diesem Leben noch viele Niederlagen einstecken wird. Ich verließ meine Verteidigungsstellung. Ignaz verhielt sich die ganze Zeit über auffällig still. Wir zogen weiter.

Russaks Kaschemme befand sich in einem beinahe quadratischen, einstöckigen Ziegelbau mit flachem Dach und hatte nur einen Raum mit niedrigen Decken, den man von der Marktseite durch eine schwere Holztür betrat. Zwei kleine Fenster zeigten zur Seitenstraße hin. Es war vielleicht einmal ein Badehaus gewesen. Durch das hintere Fenster konnten wir das Treiben darinnen beobachten – und hören, denn es war geöffnet. Aber es dauerte ein wenig, bis sich unsere Augen an das Licht drinnen gewöhnt hatten, und wir durch die Rauchschwaden etwas erkennen konnten.

Rechts vom Eingang befand sich ein grob genagelter Holztresen, an dem wir mindestens zwei Männer sehen konnten, die sich lautstark

stritten. Vor ihnen stand eine große Flasche Schnaps. Etwas bessere Sicht hatten wir auf den hinteren Teil. Dort waren zwei Tische zusammengestellt worden. In der Ecke saß ein dicklicher Mann mit einer seltsamen Uniformmütze.
„Ein Winkelagent" murmelte ich. Ignaz schaute mich fragend an. „Ein Anwerber der großen deutschen Reedereien."

Ich begann zu übersetzen. Der Agent, umlagert von Dörflern, die ihm an den Lippen hingen, las Arbeitsangebote und Stellenanzeigen vor, unterbrochen von Erfolgsgeschichten ausgewanderter Galizier. Immer wieder pries er seine günstigen Schiffskarten an. Plätze seien rar, aber für vier Heller könne er ein Telegramm schicken und sich erkundigen, ob noch ein Platz frei sei. Euphorisch warfen einige ihm Münzen hin. Er holte umständlich einen Wecker aus seiner Tasche, zog ihn auf und ließ ihn läuten. Damit stelle er die telegraphische Verbindung nach Hamburg her, erklärte er den staunenden Umstehenden. Er sprach dann mit dem Wecker und erkundigte sich mit einstudierten Bewegungen, ob noch Platz auf dem Schiff sei. Dann zog er den Wecker erneut auf und ließ ihn wieder klingeln. „Hamburg hat geantwortet!", rief er. Die Zuhörer klatschen vor Begeisterung.

Plötzlich trat ein Mann in die Kaschemme, aufgeregt gestikulierend.

„Das ist Ilya!", flüsterte ich und stieß Ignaz an.

Außer Atem setzte Ilya sich zu dem Winkelagenten. „Wir haben ein Problem, ein großes Problem." rief er. Den Rest konnte ich nicht verstehen, denn er begann dem Agenten leise ins Ohr zu sprechen. Wahrscheinlich hat er irgendwo von irgendwem von unserem morgendlichen Zugriff gehört. Der Winkelagent lauschte kurz, wandte sich dann aber wenig beeindruckt wieder den Dörflern zu. Für nur sechs Heller könne er eine direkte Verbindung zum Kaiser von Argentinien herstellen und anfragen, ob der Kaiser so gnädig sei, neue Untertanen in seinem Reich aufzunehmen, fuhr er fort. Wieder flogen Münzen auf den Tisch. Der Agent blickte kurz verschwörerisch zu Ilya, der das abgekartete Spiel missmutig mitspielte, und ließ den Wecker erneut läuten. „Das Telegramm ist unterwegs!" rief er laut. Er zog erneut den Wecker auf, hielt ihn ans Ohr und wartete gespannt auf die Antwort des Kaisers von Argentinien.

Ich gab Ignaz ein Zeichen, dass das der richtige Zeitpunkt sei, Ilya zu verhaften.
An der Tür bemerkte Ignaz, dass sein Revolver fehlt.
„Den brauchen Sie hier nicht, Sie bekommen ihn heute Abend wieder."
Ignaz schaute verdutzt, aber ich ging unbeirrt voran und öffnete die Tür. Vor der Theke lag noch ein Betrunkener, den wir übersehen hatten, aber schnell waren wir über ihn gestiegen und am Tisch angelangt. Als Ilya uns sah, schnappte er sich einen Stuhl und wollte sich damit um sich schlagend den Weg zur Tür bahnen, aber mit einem gezielten Schlag setzte ich ihn außer Gefecht.
Die Dörfler suchten schnell das Weite, auch der Winkelagent hatte sich diskret zurückgezogen.

Ich hievte Ilya auf einen der frei gewordenen Stühle.
„Was wollen Sie von mir?" Er kam schnell zu sich.
Ich zeigte ihm das Foto der Toten. Illya wandte sich schnell geekelt ab, zwang sich dann aber, noch ein zweites Mal zu schauen. Nach einigem Zögern antwortete er.
„Ich habe sie schon mal gesehen. Ich kenne ihren Namen nicht, aber sie kommt von hier. Sie wollte auswandern."
„Wer kann uns mehr über sie erzählen?"
„Sie hatte hier eine Freundin namens Anna."
Ignaz ging das nicht schnell genug. „Und Sie haben sie ermordet."
Ilya schaute Ignaz verständnislos an.
Ignaz fuhr fort. „Vor zwei Wochen in Wien."
„Vor zwei Wochen?" Ilya dachte nach. So lange, dass ich ihm glaubte.
„Da war ich in Oświęcim. Das kann ich beweisen!"
„Das kann jeder behaupten. Sie sind verhaftet."
Für Ignaz schien der Fall gelöst, er drehte seinen Kopf in Richtung Tresen.
„Ich muss Sie mit nach Lemberg mitnehmen, bis wir Ihre Angaben überprüft haben. Was haben Sie denn in Oświęcim gemacht?", fragte ich Ilya.

„Kunden von dem da begleitet." Ilya wies in Richtung der Ecke, in der der Anwerber geflüchtet war.
„Auf dem Weg zum Kaiser von Argentinien?"
Ilya sah mich an. „Das ist nicht verboten."
Ignaz wandte sich zu uns. „Lassen Sie gut sein. Wir haben den Verdächtigen. Sie haben Ihre Aufgabe erfüllt, Adler. Mit Bravur, das möchte ich hier hinzufügen. Das wird man an höherer Stelle zu schätzen wissen. Aber Schluss jetzt." Ignaz stand auf und ging zur Theke. „Diese Anna, wie finde ich sie?" fragte ich Ilya.
„Fragen Sie sich durch. Jeder kennt sie. Sie schneidet hier allen die Haare."

Gabriel war eingetroffen, und ich wies ihn an, in der Kaschemme mit Ilya zu warten. Ignaz hatte inzwischen Freundschaft mit Russak geschlossen und fragte nach etwas zu essen, ein kleines weißes Glas stand bereits vor ihm. „Ich suche noch nach dieser Anna", rief ich ihm zu. „Sie können hier ja inzwischen ein wenig Jiddisch lernen."
„Vertane Zeit, glauben Sie es mir", antwortete Ignaz und prostete mir zu.

Ilya hatte recht. Jeder kannte Anna, und ich fand schnell das Haus, in dem sie mit ihren Eltern wohnte. Es war eine geduckte Hütte, das Dach notdürftig mit von Moos überzogenen Latten geflickt. Links führte eine schmale Treppe ins Kellergeschoss. Zu meiner Verwunderung sah ich zwei makellos beschriebene Schilder neben der Tür – auf einem stand Salun, auf dem anderen Biro.
Licht fiel in das Dunkel, als ich die Tür öffnete und eintrat. Zwei Erwachsene und mehrere Kinder saßen in der Wohnstube um einen Tisch herum, sie hatten das Mittagessen gerade beendet. Alle waren gleich ärmlich gekleidet. Sie standen sofort auf, als sie mich sahen. Geschäftig räumten sie den Tisch ab, als ob sie mich erwartet hatten. Dann erspähte ich eine junge Frau – Anna. In einer Ecke der Stube links von der Tür hatte sie einen Frisiersalon eingerichtet und mit Kerzen kunstvoll wie zu einem kleinen Tempel ausgeleuchtet. Eine ältere Kundin saß in dem Frisierstuhl und betrachtete sich in dem großen Spiegel an der Wand, während Anna ihre Locken in Form brachte.

„Ich bin gleich bei Ihnen“, rief sie mir zu und gab ihrer Kundin letzte Ratschläge. Dann drehte sie sich zu mir und wies zu dem geräumten Esstisch. Die Kundin stand auf und suchte ihren Mantel.
„Behördenbrief?“ fragte sie, ohne mich weiter anzuschauen. Sie hatte einen für diese Gegend ungewöhnlichen Kurzhaarschnitt, den ich nur aus den teuren Wiener Modezeitungen kannte, die in manchen Lemberger Cafés auslagen. Die Familie hatte sich inzwischen in die Küche zurückgezogen.
„Woher wissen Sie, dass ich keinen Haarschnitt will?“
Anna musterte mich gelangweilt, aber mit einem professionellen Blick.
„Wenn Frauen kommen, wollen sie einen Haarschnitt. Wenn Männer kommen, haben Sie Probleme mit den Behörden. Aber ich schneide Ihnen gerne auch die Haare.“
Sie verabschiedete ihre Kundin und ging zurück zu ihrer Frisierstube.
„Nein, vielen Dank“, antwortete ich. „Mein Name ist Jacob Adler, Gendarm aus Lemberg. Sind sie Anna?“
Anna zögerte.
„Kann ich Sie kurz sprechen?“
Anna schob mir den Frisierstuhl zurecht.
„Sie haben hier also einen Frisiersalon und ein Schreibbüro?“ fragte ich im Setzen. Vielleicht nicht die beste Frage, um ein Gespräch zu beginnen. Eigentlich dachte ich immer, ich sei Meister im Verhören. Aber meine nächste Frage war sogar noch dümmer.
„Notgedrungen. Wir brauchen das Geld.“
„Woher können Sie denn lesen und schreiben? Sie gehen ja offensichtlich nicht zur Schule.“ Anna zuckte kurz und schaute mich verächtlich an. „Wir können uns die weitergehende Schule nicht leisten. Was wollen Sie?“
„Mir wurde gesagt, Sie seien die Freundin von einem Mädchen, das...“
Ich stockte wieder. Ich kannte den Namen des Mädchens nicht und hatte nicht bedacht, dass ich Anna das schreckliche Tatortfoto zeigen muss, um mehr zu erfahren.
„Meinen Sie Sarah?“
Ich begann umständlich. „Vor zwei Wochen wurde in Wien ein Mädchen ermordet, das von hier gewesen sein könnte. Ich habe nicht viele

Informationen, nur ein Tatortfoto."
„Zeigen Sie es mir."
„Es ist aber schrecklich anzusehen."
Anna antwortete nicht und sah mich unruhig an. Ich kramte das Foto aus meinem Mantel hervor und zeigte es ihr. Sie schob es unter eine Kerze. Annas Blick versteinerte sich. Wie in Trance gab sie mir das Foto zurück und wandte sich dem Spiegel zu, in den sie für eine kurze Ewigkeit still blickte. Ich konnte jetzt ihr Profil sehen. Sie hatte wie viele Mädchen in Galizien sehr dunkle Haare, aber der Haarschnitt ließ sie wie ein Wesen aus einer anderen Welt wirken. In Paris würde sie sicherlich kein Aufsehen erregen. Aber hier?
„Kennen Sie sie?"
„Sarah. Sie hat geheiratet und ist vor vier Wochen von hier weg. Sie wollte nach Wien und dort arbeiten."
„Ist sie mit einem Schlepper gegangen?"
Anna drehte sich wieder zu mir. „Mit ihrem Ehemann meinen Sie?"
„War einer der... War einer der Ehemänner einer der beiden Brüder Ilya und Yegor?"
Anna schüttelte den Kopf. „Nein. Der Ehemann hatte Geld, der war nicht von hier. Es kommen so viele Männer, die uns den Himmel auf Erden versprechen. Ich kannte ihn nicht." „Wirklich? Sie kennen doch sicherlich jeden hier, und sicherlich auch den, mit dem ihre Freundin weggegangen ist."
Anna stand auf.
„Ich kannte ihn nicht. Wenn Sie keine weiteren Fragen haben, bitte ich Sie jetzt zu gehen."

Vor Russaks Kaschemme standen bereits Gabriel und Ilya, Gabriel hatte die Kutschen vorgefahren.
„Wo ist unser Gast aus Wien?"
„Der sitzt noch drin und lernt Jiddisch", antwortete Gabriel. Selbst Ilya musste grinsen.

4. Kapitel

Ignaz kam gegen Abend auf die Wache. Ich hatte mein Verhör mit Ilya vor einer Stunde beendet.
Ignaz erzählte ausführlich von seinem Bad, dem Abendessen und den vielen Annehmlichkeiten seines Hotels, das im Besitz einer Wiener Familie war, wie er mit Genugtuung feststellte. Gut gelaunt nahm er in seinem Lehnsessel Platz.
„Das war doch ein erfolgreicher Tag! Ich werde Sie in Wien empfehlen. Vielleicht ergibt sich ja etwas. Auf mich können Sie zählen."
Er zögerte kurz.
„Wie wollen wir es machen? Bringen Sie diesen Ilya zum Zug? Ich komme dann direkt zum Bahnhof."
„Ich befürchte, wir müssen ihn laufen lassen."
Ignaz schaute ungläubig.
„Ich vermute, dass sein Alibi stimmt. Ich warte noch auf die Bestätigung."
„Was soll das heißen? Der Mann ist ein Verbrecher! Die lügen doch alle wie gedruckt."
„Er gibt an, er sei vor zwei Wochen in Oświęcim gewesen. Dort habe er mit seinem Bruder eine Gruppe Auswanderer an die deutsche Reichsgrenze begleitet, die dann über Schlesien weiter nach Hamburg und dann nach Amerika wollten. Er habe in Oświęcim im Hotel Rose übernachtet. Das kann man überprüfen, und das habe ich getan. Ich warte jetzt auf eine Bestätigung aus Oświęcim. Er muss sich bei der Polizei gemeldet haben, um dort übernachten zu können. Aber das wissen sie ja selbst."
„Mir ist es egal, was sie machen. Ich fahre morgen mit dem Täter nach Wien."
„Wenn er vor zwei Wochen nicht in Wien war, ist er nicht einmal ihr Verdächtiger."

Die Tür ging auf, einer meiner Adjutanten kam herein und reichte mit ein Telegramm. „Da haben sie es. Schauen Sie selbst, das ist der Meldeschein. Ilya war mit seinem Bruder vor zwei Wochen in Oświęcim. Das ist 400 Kilometer entfernt von Wien.“ Ich reichte Ignaz das Papier.

„Holen Sie mir bitte diesen Ilya“, sagte ich meinem Adjutanten zugewandt, „und nehmen Sie ihm die Fesseln ab.“

Ignaz schaute mit versteinertem Blick auf die Depesche und sagte lange nichts. „Sie haben doch selbst gesagt, dass er ein Schlepper ist. Abschaum.“
„Er macht leider nichts Verbotenes. Glauben Sie mir, wenn ich könnte, würde ich die alle einsperren. Aber dafür müssen wir die Gesetze ändern. Und das wird nie passieren. Denn mit diesem Viehhandel machen viele Menschen sehr viel Geld. Das meiste Geld in Ihrem feinen Wien. Menschen wie Ilya sind da nur kleine Handlanger.“

Die Tür ging wieder auf und Ilya wurde hineingeführt.
Ich stand auf. „Ihr Alibi stimmt, Sie sind ein freier Mann“, sagte ich zu ihm.
„Das habe ich doch immer gesagt. Und was ist mit meinem Bruder? Wurde er erschossen? Alle reden davon.“
„Wir ermitteln noch“, antwortete ich.
„Sie haben ihn wohl erschossen.“ Ilya formte mit seiner Hand eine Pistole und zielte auf mich.
„Ich muss mich nicht von Ihnen beleidigen lassen“, antwortete ich ruhig. „Ich lasse Sie laufen. Aber seien Sie sicher, dass ich Sie abgrundtief verachte. Sie wissen doch genau, was mit diesen armen Menschen geschieht, wo sie landen und wie elendig sie enden. Und Sie wissen genau, was mit diesen armen Mädchen geschieht, die von vorne bis hinten belogen werden und so naiv sind, Leuten wie Ihnen zu glauben. Wie nennen sie die gleich noch? Weißes Fleisch?“

„Sie sind doch der Schlimmste“, antwortete Ilya. „Sie liefern unsereins solchen Typen aus, die uns Juden hassen und genau deshalb verfolgen.“ Er zeigte auf Ignaz und drehte sich wieder mir zu. „Sie sind der Schlimmste! Ein Jude, der andere Juden verrät.“ Ilya spuckte aus, ging provozierend lässig zur Tür und verschwand, nachdem er meinen Adjutanten beiseite gerempelt hatte.

Ich setzte mich wieder.

Der Vorwurf traf mich schwer. Ich musste lange nach Worten suchen. Es war nicht von der Hand zu weisen: Ignaz war ein besonders plumpes Exemplar, aber der Hass gegen die Juden war nicht nur bei den Dummen zu spüren. Selbst in der Gendarmerie, die doch seit den Reformen nach den Unruhen von 1848 der Wohlfahrt jedes einzelnen Untertans verpflichtet ist – ungeachtet seines Standes und seiner Religion! Ich war immer loyal, ich verehrte meinen Dienstherren, den Kaiser, der unser großes Reich gerecht einte. Und ich hoffte, durch meine Leistung als Polizist dazu beitragen zu können, all die dummen Menschen zum Verstummen zu bringen. Davon war ich damals überzeugt. War ich zu naiv? War mein gerade begonnener Lebensweg bereits eine große Lüge? Ich habe ihre Schmähungen nie vergessen. Schon bei der Ausbildung begleiteten mich die ständigen endlosen Sticheleien. Ich spreche ein schönes Deutsch, aber alle Rekruten auf meinem Zimmer äfften ständig meine Worte in einem jiddischen Singsang nach, den ich nie beherrschte, aber der sie bis zuletzt belustigte. Ich musste immer der Beste sein. Ich wurde nur angenommen, weil ich die besten Zeugnisse hatte. Und sahen die Vorgesetzten einmal weg, konnte ich mich nur behaupten, weil ich der Beste im Faustkampf war.

„So, so, der werte Herr Inspektor Adler ist also ein kleiner Jude.“ Ignaz unterbrach die Stille und grinste. „Sie sehen nicht wie einer aus.“ Er sah mich lange an. „Das meine ich übrigens als Kompliment.“ Ignaz tat so, als dächte er nach. „Aber das werde ich natürlich – leider, leider, mein lieber Adler, Herr Adler natürlich, – in meinem Bericht nicht unerwähnt lassen dürfen.“
„Was meinen Sie?“ Ich hing immer noch meinen Gedanken nach.
„Na, dass ich den Täter – übrigens ein Jude, das soll hier nicht unerwähnt bleiben – gefasst hatte, aber ein Lemberger Polizist – zufälligerweise auch ein Jude – ihn wieder laufen ließ. Das wird sicherlich nicht gut aufgenommen werden in Wiener Kreisen.“

„Ich werde morgen mit Yegors Obduktion beginnen.“ Ich riss mich zusammen und stand wieder auf.

„Und was soll das bitteschön bringen?“
„Ein Revolver verschießt nicht nur Kugeln, sondern auch Pulverdampf. Ich bin gespannt,wo ich den Pulverdampf finde. An der Stirn? Oder vielleicht am Hinterkopf des Toten?“
Ignaz zuckte kurz zusammen. „Dann müsste nur noch geklärt werden, wer denn geschossen hat. Es kann ja nur einer von uns beiden gewesen sein.“ Ignaz formte mit seiner Hand eine Pistole, zielte auf mich wie Ilya und grinste. Er glaubte wieder im Vorteil zu sein. „Lassen Sie uns noch einen Bier trinken gehen und freundschaftlich beraten, wie wir weiter vorgehen. Aber vorher geben Sie mir bitteschön meinen Revolver zurück.“

Im Nachhinein denke ich, dass es diese eine, noch so kleine Chance war, die ich in dem Besuch von Ignaz gespürt habe, die mich dazu brachte, mit ihm noch einmal in die Nacht zu ziehen. Aber vielleicht war es auch nur dieses Wort „zurück“.

Ich sah in an. Ich hörte wieder die Stimme. „Ich schicke Euch Geld. Ich bin bald wieder zurück.“ Dieser Satz hallte Nacht für Nacht durch meine Träume. „. . . bin bald wieder zurück. Zurück. Zurück!“ Heute weiß ich, wem die Stimme gehörte. Aber damals machte sie mir Angst. Der sonnige Morgen. Die weichen Hände, die mir durch das Haar streichen. War das der Moment, an dem ich meine Schwester das letzte Mal gesehen habe? Weshalb kann ich mich nicht an die anderen Begebenheiten des Tages erinnern? Niemand in meiner Familie sprach jemals darüber, warum sie eines Tages verschwand. Wie ein stummer Schatten lag ihr Fehlen über meinem Leben, aber vielleicht will sie mir jetzt etwas sagen.
Schon am Bahnhof beschlich mich der Gedanke, dass Ignaz’ Besuch die Gelegenheit war, auf die ich so lange gewartet hatte. Es mag widersinnig klingen, aber in diesem Tölpel sah ich plötzlich meine Chance, die ich nur ergreifen musste. Aber worin bestand meine Chance? Warum bin ich so mutlos? Mir wurde schwarz vor Augen. „Ich bin bald wieder zurück.“

„Na, macht den Juden Adler der Gedanke an unsere kleine Fidulität

schon betrunken?“ Ignaz hatte seine Hände unsanft unter meine Achseln gekeilt und bewahrte mich mit Mühe vor dem Sturz.
Ich kam wieder zu Sinnen und riss mich los.

„Lassen Sie uns gehen.“

Wir nahmen unsere Mäntel und schoben uns schweigsam durch die dunklen leeren Gassen, die tagsüber vor Menschenmassen nur so barsten. Abertausende – Junge, Alte, ganze Familien – wurden durch Lemberg geschleust, mit fantastischen Versprechen. Sie kamen nicht nur aus Galizien und der Bukowina, Tarnopol, viele hatten einen noch viel weiteren Weg hinter sich. Ich verhaftete einmal einen jungen Ladendieb aus Podolien, das liegt noch jenseits der Bug. Ein hübscher Junge, vielleicht 15 Jahre alt. Was er wie verständlich erzählte, machte mir Angst. Er beschrieb verlassene Dörfer, einsame Gehöfte, in denen die Bauern sich einschließen, um unter Gebeten zu verhungern. Ich ließ ihn laufen.
Oder die drei Kinder, der Älteste vielleicht acht Jahre, die im vergangenen Winter tagelang in einer Seitengasse um ihre tote Mutter saßen, der Vater war nicht auffindbar. Aus den wenigen Habseligkeiten, die ich bei ihnen fand, konnte ich schließen, dass sie zu Fuß aus Chelm nach Lemberg gekommen sein mussten. Das sind fünf Tagesmärsche. Nur Gott weiß, weshalb sie auf diesen Einfall gekommen sind. Fünf Tage und Nächte! Wohin mit all diesen armen Menschen? Und für die wenigen Glückliche, die es dann wirklich schafften, Lemberg zu verlassen, vollendete der Weiterweg ihre Tragödie. Es schwirrten anfangs nur Gerüchte umher, aber sie verdichteten sich immer mehr. Alle wussten es, aber niemand wollte es aussprechen: Sie wurden ausgeplündert, starben elend an Hunger und Kälte, kamen nie dort an, wo sie hinwollten. Und die Mädchen landeten nicht mit ihren Ehemännern in der erhofften Neuen Welt, sondern in den Bordellen von Wien, Konstantinopel, Alexandria oder Buenos Aires. Und ich konnte nichts dagegen tun. Ich musste hilflos zusehen. Aber jetzt hatte ich etwas in der Hand. Eine Tote aus meiner Kommandantur.

Vielleicht könnte ihr sinnloser Tod der Anfang vom Ende dieses Elends werden?

Ich hatte mich für eine eher schlecht beleumdete Bierschwemme in der Nähe des Marktplatzes entschieden, die dem Geschmack meines Gastes entsprechen müsste. Eine gute Wahl, wie sich herausstellte. Ignaz entdeckte die grüne Laterne von Weitem und stürmte freudig die Treppenstufen in den Keller hinab. Er bestellte der jüngsten Mode folgend ein großes Pilsener Bier und begann darüber zu schwadronieren, dass eigentlich nur Regionen mit guten Weinen Teil des Kaiserreichs sein dürften. Galizien gehöre nicht dazu, so seine Schlussfolgerung.

Er hatte zur Freude der Gastgeber drei Biere und drei Schnäpse geleert, als plötzlich die Tür aufging und ein alter Bekannter eintrat. Adam, der Zuhälter, dem wir mittags im Schtetl begegnet waren, in Begleitung einer jungen, reichlich geschminkten Frau mit Blumen im Haar. Ich dachte erst, sie sei eine Dirne, und wunderte mich, denn ihr Gewerbe war hier im Zentrum von Lemberg nicht erlaubt.

Adam versuchte seltsamerweise uns gar nicht zu übersehen, sondern kam schnurstracks zu unserem Tisch und begrüßte Ignaz formvollendet mit einer Verbeugung.
„Gefällt es Ihnen bei uns in Lemberg, verehrter Herr Ritter?“
Ignaz war die Aufdringlichkeit sichtlich zuwider, aber Adam setzte sich ungefragt zu uns und zog seine Begleiterin auf seinen Schoß.
„Darf ich den Herren vorstellen: Meine Freundin Bibi.“
Bibi war drall, hübsch, aber nicht die Schlaueste. Sie hatte keinen Schimmer, was vor sich ging, und plapperte munter drauf los. Ihr Tag war nicht sonderlich spannend verlaufen, bestand aber aus umso mehr Details, von denen sie aller Welt berichten musste. Wir hörten zu. Adam lächelte stolz und nickte zustimmend nach jedem Satz. Ignaz rutschte unruhig auf der Bank hin und her und schwieg.
„Die sagen ja gar nichts, die Herren“, meinte Bibi nach einer Weile verwundert.
„Die Herren haben schlechte Laune, Bibi“, antwortete Adam.
„Warum haben die Herren schlechte Laune?“
„Die Herren haben einen Mann erschossen und müssen das jetzt ver-

tuschen."
„Das ist ja schrecklich. Woher weißt Du das, Adam?"
„Ich kenne die beiden. Der Große ist ein Polizist aus Lemberg. Und der Dicke ist ein echter Ritter aus Wien."
Bibi begann zu kichern. „Ein dicker Ritter aus Wien?" Sie begann zu prusten und auf Adams schoß zu schunkeln. „Kann der so rittern wie Du reiten?" Adam winkte würdevoll ab.

Bibi hatte Spaß an ihrem Gedanken und den Toten schnell wieder vergessen. Adam bestellte ihr einen Becherbitter. Ich begann zu grübeln. Woher kennt Adam Ignaz? Irgend etwas stimmte hier nicht. In diesem Moment sah ich im Augenwinkel, wie Ignaz langsam aus seiner Tasche seinen Revolver zog. Noch bevor er auf Adam zielen konnte, versetzte ich ihm einen rechten Faustschlag unters vordere Kinn. Ein Schuss löste sich Lärm und schlug ohrenbetäubend in der Decke ein, Der Geruch von verbranntem Sprengpulver verbreitete sich im Keller und vermischte sich mit den Schreien an den Nachbartischen. Tische kippten, Gläser zerbarsten scheppernd. Ich schnappte den Revolver, während Ignaz von der Bank kippte, und sprang auf.

„Keine Angst, ich bin Gendarm des Kaisers! Wir haben alles unter Kontrolle!"

Der herangestürzte Wirt erkannte mich und beruhigte die Gäste. Adam stand ungerührt auf und bot der vor Schreck erstaunlich still gewordenen Bibi galant seine Hand an. „Ich empfehle mich, die Herren." Er verbeugte sich kurz, Bibi trank aus, und die beiden verließen gut gelaunt den Keller.

Ich wimmelte den besorgten Kellner ab. Ignaz kam wieder zu sich. Ich schrie ihn an. „Woher kennt dieser Adam Sie?" Ignaz antwortete nicht. Ich schüttelte ihn kräftig und zog ihn hoch. „Woher kennt dieser Adam Sie?"
„Lassen Sie mich in Ruhe."
„Jetzt hören Sie mir gut zu. Es gibt schon zwei Tote aus meiner Zuständigkeit. Aber keine Beweise. Nichts, was Sie behaupten, lässt sich

beweisen. Dafür habe ich einen volltrunkenen Polizisten aus Wien, der in wild um sich schießt und sich von einem stadtbekannten Zuhälter verhöhnen lässt. Es gibt nur zwei Möglichkeiten: Entweder Sie nehmen mich morgen mit nach Wien. Zusammen können wir den Mörder des Mädchens finden und vielleicht sogar den ganzen Mädchenhandel stoppen. Oder ich schreibe einen Bericht, der nichts, aber wirklich nichts auslässt. Und ich habe Dutzende Zeugen. Sehen Sie sich ganz ruhig um.“

Ignaz schaute widerstrebend in die Runde und in ein Dutzend ungläubige Gesichter, die ihn mitleidslos anstarrten.

5. Kapitel

Tysmenitz, 30. November 1899

Mein Entschluss steht fest. Ich habe Gott gedankt und weiß, er wird mich auf meiner Reise beschützen. Hoffentlich hält Adam Wort.

31. November 1899

Der Zug ist pünktlich in Lemberg abgefahren, obwohl der Bahnhof heillos überfüllt war und der Kampf um die Plätze am Gleis schon eine Stunde vor Abfahrt begann. Es ist alles viel schrecklicher, als ich es erwartet habe. Ich konnte in der 4. Klasse einen Fensterplatz ergattern, da ich nur einen leichten Koffer dabeihabe, musste ihn aber für einen Österreicher frei machen, der mir mit den Fäusten drohte und dann im Sitzen lachend an den Busen fasste. Wahrscheinlich ein Handelsreisender. Er hat nur einen Musterkoffer und eine kleine Reisetasche dabei und fährt sicherlich nicht das erste Mal mit diesem Zug. Er flucht ständig auf Deutsch, trinkt in regelmäßigen Abständen aus einer silbernen Metallflasche, die er in seiner Westentasche trägt. Er ist vor einer Stunde eingeschlafen.

Mir gegenüber sitzt ein Mann mit seinen beiden Söhnen. Alle drei haben kurz geschorene Haare und klammern sich ängstlich an ihr Gepäck. Seine Ehefrau sitzt mit einem Neugeborenen auf dem Schoß rechts von mir. Sie spricht eine Mischung aus Jiddisch und Russisch. Ich verstehe sie nur, wenn sie mit ihren Kindern redet. Sie trägt ein bunt gemustertes Kopftuch, wie es die Landarbeiterinnen bei uns früher trugen, wohl um ihr seit Wochen ungewaschenes Haar zu verbergen. Die ganze Familie riecht nach Schweiß und Staub. Sie Ärmsten sind sicherlich schon ewig unterwegs. Wer weiß, wo diese armen Teufel herkommen. Sie vermeiden jeden Blickkontakt und zucken bei jedem Ruckeln des Zuges auf. Sie sind sicherlich noch nie Zug gefahren, so wie ich. Der Gedanke macht mir Mut, ich bin nicht alleine. Ich fühle mich sogar ein wenig mit meinen Zufallsnachbarn verbunden.

Wir haben Glück. Andere Familien müssen eng gedrängt auf dem Boden sitzen, wo sie jede Stunde von den Bahnbeamten in ihren grauen Uniformen mit den sorgsam polierten goldenen Knöpfen und glitzernden Krägen getreten und angeschrien werden. Wenn sie dann die ängstlichen Blicke der Passagiere sehen, werden die Kontrolleure plötzlich freundlich. „Die Billetts, bitte schön gnädige Frau!“ Ein grässlicher Singsang. Sprechen die hier alle so? Die Kontrolleure haben die Billetts schon mehrfach kontrolliert. Ihre Schikane ist so verächtlich. Sie machen mir Angst.
Hoffentlich habe ich die richtige Entscheidung getroffen.

Nachtrag

Wir fahren jetzt schon seit sieben Stunden durch die Nacht. Bis Przemyśl konnte ich draußen noch die leeren Felder an mir vorbeiziehen sehen, dann wurde es zu dunkel. Ich bin jetzt 12 Stunden wach, weil Adam mich vor den Dieben im Zug gewarnt hatte. Wach bleiben ist nicht einfach. Der Zug rattert die ganze Zeit über im gleichen monotonen Rhythmus, einmal schneller, einmal langsamer, unterbrochen nur von dem Quietschen der Bremsen bei der Einfahrt in die Bahnhöfe. Dann fangen alle Kleinkinder in dem Abteil vor Angst gleichzeitig an zu schreien.
Ich habe meinen Koffer unter den Sitz geschoben und umklammere ihn mit meinen Beinen und versuche nun trotz Adams Warnung ein wenig zu schlafen.

Wien 1. Dezember

Ich bin endlich in Wien angekommen und sitze in meinem neuen Domizil für die nächsten Tage. Meine Aufregung legt sich nach und nach. „Mach Dir keine Gedanken", hatte Adam beim Abschied gesagt, „ich habe alles vorbereitet." Seine Worte hatte ich die ganze Zugfahrt über im Ohr. Ich sah ihn sofort auf dem Gleis stehen, als er in der Menschenmenge stehend die Fenster des letzten Waggons absuchte, so wie er es versprochen hatte. Ich schrie so laut ich konnte und winkte ihm mit meinen Armen aus dem offenen Fenster zu, in der Hoffnung, dass er mich entdecken würde in all dem Chaos, das eine Stunde vor Wien in unserem Abteil ausbrach.

Wir hatten noch nicht einmal im Bahnhof von Břeclav gehalten, als die ersten Männer auf den fahrenden Zug aufsprangen. Schlepper, Zimmervermittler, Verkäufer und kleine Diebe. Ich hatte mich kurz vorher noch gefreut, dass es endlich heller wurde, aber mit meiner Freude war es schnell vorbei. Ich nahm meine Tasche auf den Schoß und drückte sie fest an mich und vergrub mein Gesicht im Mantel, als ob ich schlafen würde, doch ohne Erfolg. „Wen haben wir denn hier?" Den Tonfall kannte ich, nur dass diese Männer jünger waren und keine Uniform trugen. Ein Mann in einem billigen hellblauen Anzug war auf mich aufmerksam geworden und kämpfte sich zu mir durch, ohne seine Augen von mir abzuwenden. Er grinste permanent und probierte es erst auf Deutsch und dann auf Jiddisch. Leider stand der Handelsreisende neben mir in diesem Moment auf, schnappte sich sein Gepäck und drängte mit Gewalt Richtung Ausgang. Ich konnte gerade noch zum Fenster rutschen, aber nicht verhindern, dass das hellblaue Männchen sich auf den so frei gewordenen Platz setzte. Und er war nicht allein, und schnell war ich von drei Männern umstellt, die auf mich einredeten. Ich schaute aus dem Fenster. „So eine schöne Frau! Wien ist wie geschaffen für Sie!" „Sie werden bald sehr, sehr reich sein und mit einem Fiaker bei dem Kaiser vorfahren." „Wir haben Kontakte in die besten Kreise, wollen Sie unsere Visitenkarten sehen?" „Wir sind das Beste, was Ihnen passieren konnte, das werden Sie schon sehen." Der Ton wurde langsam rauer. Da ich nicht reagierte, hörten sie schließlich auf und zogen den Kreis um mich enger. Schweigend standen sie mir so eine halbe Ewigkeit gegenüber. Zum Glück saß ich am Fenster.

Adam war schnell im Waggon, er hatte einen hünenhaft großen Freund mitgenommen. Ein Wink genügte und das hellblaue Männlein und seine Begleiter verschwanden so schnell wie sie gekommen waren. Adam verbeugte sich galant, nahm mein Gepäck und stellte mich seinem Begleiter vor. „Peter, das ist Anna, meine Ische.“ Peter, der Hüne, spielte mit und verbeugte sich ungelenk in dem Gelärme und Durcheinander. Ich mag Adams Humor.

Der Zug leerte sich schnell. Wir ließen den Massen Vortritt und strebten ohne Eile in Richtung Bahnhofausgang. Die Schlepper und Hökerer links und rechts behelligten uns nicht. Adam hatte eine Zigarette auf einen Metallfilter gesteckt und paffte genüsslich Kringel in die kalte Morgenluft, die wie ein Schutzschirm wirkten. Der Wiener Bahnhof erwies sich als ein richtiger kleiner Palast mit unzähligen Torbögen und turmähnlichen Seitengebäuden, auf denen ziemlich seltsam geformte Zinnen thronen. Welch ein Kontrast zu dem schmutzigen Treiben davor! Das Geschrei war schon in der Eingangshalle zu hören und steigerte sich mit jedem Kringel, den Adam in die Luft pustete. Wir wichen auf einen Nebeneingang aus. Vor dem Bahnhof vorbei zog eine mehrspurige Straße, in deren Schlamm unzählige Kutschen versanken, die schwer beladen von den armen Pferden wieder herausgezogen werden mussten. Tausende Ankömmlinge versuchten verzweifelt die Aufmerksamkeit eines Kutschers zu bekommen, überall kam es zu Streit und kleineren Raufereien.

Von unserem Nebeneingang aus betrachteten wir das Treiben. Die Sonne ging hinter den Häusern auf der gegenüberliegenden Seite auf und blendete mich. Und dann sah ich wieder das Elend, das ich vor lauter Aufregung vergessen hatte. Der Platz gegenüber dem Bahnhof war unbebaut und schluckte die ankommenden Massen aus dem eingefahrenen Zug. Kleine Buden boten alles mögliche zum Verkauf an – von warmen Speisen über Tickets zur Weiterfahrt bis zu warmer Kleidung. Überall liefen geschäftig Marktschreier umher, und überall saßen die erschöpften Ankömmlinge in großen und kleinen Gruppen und musterten die neue Etappe ihrer langen Reise.

Plötzlich zog mich Adam wieder zurück in den Eingang. Er zeigte in eine Richtung. Aus meinem Versteck heraus versuchte ich etwas zu erkennen, aber ich brauchte ein wenig Zeit, bis ich sah, was er entdeckt hatte: Mitten in dem Treiben stand der Polizist aus Lemberg, der mich in Tysmenitz verhört hatte. Ich schaute Adam fragend an.
„Ich kenne den“, sagte er schließlich. „Der ist auch aus Lemberg. Polizist. Keine Ahnung, was der in Wien will.“ Er schaute vorsichtig an der Säule vorbei. „Er ist in Zivil. Seltsam. Der muss auch mit dem Zug gekommen sein.“
Er wandte sich Peter zu.
„Politsia. Besser er sieht uns nicht. Merk Dir mal seine Visage.“
Peter nickte und schaute auch kurz um die Ecke.
„Ich kenne ihn auch, er heißt Adler, er hat mich vor drei Tagen verhört“, sagte ich.
Adam sah mich nachdenklich an, dann spähte er wieder um die Ecke. Er begann zu grinsen. „Jedenfalls war er noch nie in Wien.“
Wir traten wieder vor und beobachteten seine unbeholfenen Versuche, eine Kutsche heranzuholen. Er hatte sehr viel und offenbar sehr schweres Gepäck dabei und verzweifelte daran. Immer wieder drängelten sich andere vor. Er war einfach zu höflich. Man konnte fast ein wenig Mitleid mit ihm bekommen.

Adam ist zwar ein ziemliches Großmaul, aber er weiß, was er tut. Ein Pfiff, und wir hatten unsere Kutsche. Die Fahrt ging bestimmt eine halbe Stunde, erst entlang der Donau und dann in einen Stadtteil südlich der Innenstadt mit dem schönen Namen „Favoriten“. Die Innenstadt selbst habe ich leider noch nicht gesehen.

Jetzt sitze ich hier mit Adams Freundin Bibi in einer kleinen Wohnung im Hinterhaus eines dreigeschossigen Baus. Es gibt ein Schlafzimmer und einen Wohnraum mit kleiner Kochstelle und einem Sofa, auf dem ich schlafen kann.

Bibi ist drollig. Sie plappert in einem fort. Sie hat sich auf mich gefreut, da Adam ihr sagte, ich sei Friseurin. Morgen werde ich ihr die Haare machen, das musste ich ihr versprechen. Adam ist mit Peter weiter gezogen. Er will jemanden treffen, der mir weiterhelfen kann. Was er wohl erzählen wird? Jetzt muss ich erst einmal Schlaf nachholen.

6. Kapitel

Ignaz ließ sich nicht blicken. Ich hatte Mühe, in der Menschenmenge vor dem Bahnhof eine Kutsche zu bekommen, da ich um meine wertvolle Fracht besorgt war und gegen die Übermacht der Drängler machtlos war. Die Fahrt war kurz. Die Wiener Sicherheitswache lag zwischen der Donau und den einst mächtigen Mauern der Altstadt. Die Wache am Eingang inspizierte interessiert meinen Lemberger Ausweis und ließ mich passieren. Ich hievte mein Gepäck die Stufen des kasernenartigen Gebäudes hoch, am Ende der Treppe hörte ich eine Stimme rufen.
„Da kommt der Katzengoldmacher!"

Ignaz hatte mich also immerhin angekündigt. Eine Ordonanz führte mich unter den spöttischen Blicken der versammelten Mannschaft quer durch ein großes Büro in einen schmalen Gang und wies mir den Weg zu einer offenen Tür. Es muss die Asservatenkammer gewesen sein, die sie halbherzig für mich halb leer geräumt hatten. Viele Kisten, ein Schreibtisch, kein Fenster, aber ich war ja nicht wegen der Aussicht gekommen. Der fensterlose Raum hatte sogar einen Vorteil – es gab elektrisches Licht, so kann ich auch nachts arbeiten, was mir in Lemberg sehr lieb war.

Ich war gerade dabei, meine weiße Stofftafel an die Wand zu hängen, als der erste Neugierige seinen Kopf durch die Tür steckte.
„Sie sind also der Lemberger, der uns geholfen hat, einen der Verdächtigen zu finden."
„Das hätte Ignaz sicherlich auch alleine geschafft", antwortete ich, ohne ihn groß zu beachten.
Die Antwort weckte trotzdem Vertrauen. Der Beamte – ein wenig rundlich mit dem Bart des Kaisers über den Lippen und der Schulterspange

eines Offiziers auf dem Sakko – wagte den Schritt in mein Zimmer, ein halbes Dutzend seiner Kollegen folgte verlegen schubsend aus dem Dunkel des Ganges.
„Wo ist Ignaz eigentlich?“, fragte ich.
„Herr Ritter von Piechlan? Der kommt immer erst gegen Mittag. Aber er hat uns viel von Ihnen erzählt.“
„Was denn?“
„Dass Sie seltsame alchemistische Experimente machen.“
In der Gruppe kam ein unterdrücktes Gelächter auf. „Vorsicht, der kann boxen!“, rief eine Stimme dazwischen. Das Gelächter wurde lauter.
Würdevoll wandte ich mich meinem Tatortkoffer zu und hob ihn auf meinen Schreibtisch. Die Menge wich ehrfürchtig einen Meter zurück.
„Meine chemischen Experimente dienen allein der Polizeiarbeit. Darf ich Sie Ihnen demonstrieren?“
Die Gruppe rückte neugierig wieder näher, in die kleine Kammer hätte kein Mann mehr gepasst, und ich öffnete langsam den Koffer.
„Mit dieser Methode ist es mir möglich, jeden Täter eindeutig zu überführen.“
Ich drapierte ein Dutzend Karteikarten und ein Stempelkissen auf dem Tisch. „Wer macht den Anfang?“
Der vorlaute Offizier trat vorsichtig näher, und ich nahm den Zeigefinger seiner rechten Hand, tunkte ihn in das Kissen und drückte ihn auf die Karteikarte.
„Wenn Sie mir noch freundlicherweise Ihren Namen auf die Karte schreiben könnten?“
Der Offizier tat es umstandslos, zeigte belustigt seinen schwarzen Finger in die Menge und salutierte. „Verdächtiger Nummer 1 meldet sich gehorsamst dem Fortschritt!“
Das ermunterte seine Kollegen und sie taten es ihm begeistert gleich. Schwarzer Finger, Name. Schwarzer Finger, Name. Verdächtiger Nummer 2, Nummer 3, Nummer 4. Die Stimmung wurde immer ausgelassener, kippte aber urplötzlich um. Alle Anwesenden wichen wie auf Befehl erschrocken zurück. Es passte doch noch ein Mann in das Zimmer. „Was geht hier vor?“
Eine bullige Gestalt in Zivil schob sich durch das von Zauberhand ent-

standende Spalier – knollige Nase, Schmiss auf der rechten Wange. „Wer sind Sie und was machen Sie hier?“ Das war Verhörton. „Mein Name ist Jacob Adler, und ich bin Kriminalkommissar aus Lemberg.“
Der bullige Mann nickte. „Und was soll das ganze hier?“ Er zeigte auf meinen Tisch mit dem Tatortkoffer.
„Ich demonstriere gerade die neuesten Techniken des Erkennungsdienstes, wie sie in Paris gelehrt werden.“
„Alles welscher Hokuspokus. So etwas brauchen wir hier nicht.“
„Der Kaiser selbst hat eine Delegation zum Kriminalkongress nach Paris entsandt“, entgegnete ich, „sonst gäbe es Ihre schöne Wiener Sicherheitswache ja auch nicht.“
Das war wohl zu dreist von mir. Eine Sekunde lang herrschte ängstliches Schweigen, alle schauten auf den bulligen Mann in der Mitte des Raumes. Ein verlegenes Lächeln huschte über sein Gesicht.
„Ich weiß, ich weiß... Ich wäre ja fast selbst mitgefahren“, antwortete er. „Karl Neubauer mein Name. Ich bin der Wiener Polizeipräsident. Ich danke Ihnen für Ihr Kommen. Willkommen in Wien!“
Er reichte mir die Hand. „Wo haben Sie denn Ihre Künste erlernt?“
„Bei Hans Gross.“
„Ach, der Herr Professor Gross aus Czernowitz.“ Neubauer wandte sich wissend lächelnd zu seinen Mitarbeitern. „Bei uns hat er es der Gute ja nie so recht geschafft.“
Pflichtschuldiges Hüsteln setzte ein, aber an den unruhig suchenden Augen konnte ich sehen, dass seine Mitarbeiter keine Ahnung hatten, von wem er sprach.
„Er hält gerade Probevorlesungen in Berlin“, antwortete ich.
Neubauer zuckte kurz zusammen, das war ihm neu. Die unaufhaltsam expandierenden Preußen im Norden waren anders als die dekadenten Franzosen eine wirkliche Konkurrenz für die selbstverliebten Wiener Monarchisten – und für einen Staatsbeamten wie Neubauer sicherlich insgeheim auch ein Vorbild. Schon meine Wiener Kollegen während meiner Ausbildung in Lemberg konnten die Namen der preußischen Generäle wie Heilige aufsagen – die Moltkes und Gneisenaus, nur weil sie gegen die Franzosen gesiegt hatten.

Mein Ansehen war bei Neubauer schlagartig gestiegen, wie mir sein prüfender Blick verriet. Aber er fasste sich schnell.
„Nun gut. Wie kann ich der Wissenschaft dienen?“
Ich führte ihn zu meinem Schreibtisch. Unter dem Jubel seiner Untergebenen drückte auch er seinen Finger in das Stempelkissen und unterschrieb kokettierend konzentriert mit seinem Namen, als ob er ein Dekret unterzeichne. „Sie können in meinem Vorzimmer noch ein Siegel drauf bekommen“, fügte er lachend hinzu.
„Und ich weiß morgen früh, ob jemand von Ihnen heute Nacht heimlich in meinem Büro spioniert hat. Ich habe ja jetzt von allen die Fingerabdrücke“, antwortete ich lächelnd. Neubauer klopfte mir väterlich auf die Schulter und verließ den Raum. Alle anderen folgten ihm und versuchten dabei geschäftig seine Aufmerksamkeit zu erheischen. Ich konnte mich endlich in Ruhe weiter aufbauen.

Wie angekündigt erschien Ignaz gegen Mittag. „Kommen Sie, ich stelle Sie meinen Kollegen vor.“

Ignaz hatte einen schönen Platz in dem großen Büro mit Fenster zur Straßenseite. Ich folgte ihm und dachte gerade über seine Stellung in der Abteilung nach, als er sich abrupt vor seinem Schreibtisch aufbaute und theatralisch seine Stimme erhob.
„Verehrte Kollegen, darf ich Ihnen vorstellen – mein hoch geschätzter Kollege Adler aus Lemberg.“
Einige belustigte Kommentare kamen zurück, die Ignaz aber nicht deuten konnte. Unbeirrt fuhr er fort.
„Eigentlich müsste ich ihm böse sein. Denn er hat die feige Abartigkeit der Gesuchten unterschätzt. Sonst wäre es ja nie zu diesem tragischen – und leider tödlichen – Duell im Morgengrauen in Lemberg gekommen. Aber Schwamm drüber.“
Ignaz hatte offensichtlich den Faden verloren.
„Ihr werdet Euch jetzt sicher fragen, wie kann so ein Mann... – ein Mann der Provinz, wie kann so ein wahrlich gescheiter Mann uns hier... – uns also hier im großen Wien helfen? Aber ich sage Euch: Ich war

dort! Ich war im Schtetl, wo all diese Verbrecher herkommen. Man muss das gesehen haben. Alle meine Worte versagen dort. Die sehen dort alle gleich aus. Und auch wenn Herr Adler sich in Wien und mit den besonderen Wiener Bedingungen nicht auskennt und unserer aller Hilfe, die ich auch in Ihrem Namen zugesichert habe, Euer großzügiges Einverständnis wie selbstverständlich voraussetzend, bedarf, so wird sein in den Schtetln des Ostens geschulter Blick uns sicherlich helfen können – diese Überzeugung ist mir in Lemberg sofort gewachsen und nun hier in unserem großen Wien zur unbeirrbaren Zuversicht geworden.“ Ignaz’ Stimme bebte, er stellte sich auf seine Zehenspitzen, erhob beide Arme und schaffte es, den Satz zu beenden, „Er wird uns helfen können, den letzten noch flüchtigen Täter zu finden. Wenn wir ihm helfen!“
Höflicher Applaus setzte ein.

Eine schöne Geschichte hatte er sich da zurechtgelegt. Umso besser, dachte ich, so musste ich mich nicht erklären. Der ganze Saal ging zur Tagesordnung über, Schreibmaschinen ratterten, ein ständiges Gemurmel füllte den Raum.
„Gut.“ Ignaz klatschte in die Hände. „Wie wollen wir beide nun vorgehen?“
Bevor ich antworten konnte, hatte Ignaz seinen Mantel übergehängt und wies mir den Weg zum Ausgang. „Ich zeige Ihnen unser schönes Wien!“

Mit der Kutsche überquerten wir den breiten Streifen, den die mittelalterliche, nun geschleifte Stadtmauer hinterlassen hatte, und der nun zu einer Ringstraße umgebaut wird. Wien wirkte auf mich wie der Spielplatz eines Nephilim. Neben tausende Klafter großen Brachflächen entstanden Bauten, wie ich sie sich im alten Rom vermutet hätte. Manchmal standen bereits die breiten Treppen und Portale, dahinter wurde noch gebaut. Einige Gebäude ragten wie an einer endlos langen Schnur aufgereiht vor den schlammigen Straßen in den Himmel. „Das wird einmal ein ganz ausgezeichnetes Hotel. Der Brunner baut es, der hat Geschmack.“ Mehr als solche Auskünfte gab Ignaz nicht auf unserer Fahrt, er dirigierte lieber den Kutscher, aber ich war auch so genug mit den neuen Eindrücken beschäftigt.

Welch ein Kontrast zur Altstadt! Verletzlich klafften die alten Gassen in die neue Leere, ihrer Jahrhunderte stehenden Schutzmauer beraubt. Manche Gassen waren so eng, dass zwei Kutschen nur mit viel Geschick die Einfassung der Hoftore nutzend aneinander vorbei kamen. Einige Gassen waren nur wenige Meter lang, endeten abrupt in einem engen Winkel, andere liefen in Bögen sinnlos zum nächsten. Wenn der Baumeister von Wien jemals einen Plan gehabt haben sollte, dann wohl den, möglichst viele Menschen in den Schatten dieses riesigen Domes zu pressen, der aus jeder Richtung von weitem zu sehen war.

So holperten wir eine Weile durch die Stadt und hielten schließlich vor einem Kaffeehaus, in dem Ignaz offenbar Stammkunde war. Er wurde sofort begrüßt und zu einem kleinen Tisch an der Fensterfront geführt. Bestellen mussten wir nicht. „Das Gulasch ist ausgezeichnet!“ „Aber auch das einzige, was man hier essen kann“, raunte mir Ignaz zu und bewegte die Augenbrauen.

„Gut. Wie wollen wir vorgehen? Das ist die jetzt die große Frage.“ Wir hatten gegessen und Ignaz lehnte sich behaglich zurück, als wolle er keine Antwort, zumindest heute nicht.
„Ich habe mir ein paar Gedanken gemacht.“
Ignaz nickte und schaute dem Treiben auf der Straße zu.
„Ich möchte heute noch zum Tatort.“
Ignaz bestellte noch ein Glas Wein und schaute mich an. „Zum Tatort? Was wollen Sie dort?“ „Ich will wissen, wo das Mädchen gestorben ist, ich will herausfinden, wie es gestorben ist. Vielleicht finden wir Spuren, die bislang übersehen wurden. Vielleicht finden wir Zeugen, die uns weiter helfen können. Vielleicht...“
Ignaz unterbrach mich mit einer Handbewegung. Er hatte mir erst widerwillig zugehört, dann wohl doch Gefallen an meinen Gedanken gefunden. „Gut. Dann machen wir es so: Sie gehen ins Hotel, machen sich frisch, und wir sehen uns heute zur Abendzeit in diesem Viertel, das ich Fremden sonst nicht zeigen würde. Dort ist um diese Uhrzeit

jetzt noch nichts zu sehen. Sagen Sie dem Kutscher: Graben. Pestsäule. Sechs Uhr?"
Ich sagte zu.

7. Kapitel

Wien wurde mir immer unheimlicher. Ich bin zwar nur ein kleiner Beamter aus der ärmsten Provinz unseres kleinen Weltreiches, aber die Verheißungen, die unser verehrter Kaiser uns Galiziern gegeben hat, decken sich nicht im Ansatz mit dem, was ich bislang gesehen habe hier, im Herzen seiner Welt – im ach so schönen Wien. Der Kutscher wählte in etwa den gleichen Weg vom Hotel in die Innenstadt wie Ignaz. Mein Hotel lag an dem neu geschaffenen Ring, aber in dem Moment, in dem wir in die Gassen der Altstadt einbogen, fühlte ich mich wie in einer Falle gefangen. Nur wenige Laternen warfen ein wenig Licht in die Dunkelheit, aber dafür waren, je näher wir unserem Ziel kamen, immer mehr Menschen unterwegs. Sie waren nicht arm, besser gekleidet als das Gros in Lemberg, aber sie wirkten auf mich nicht glücklich, eher ein wenig besessen. Sie drängelten sich vor die Kutsche, sie rempelten, sie gaben sich untereinander ständig Widerworte, die ich oben auf dem Kutschbock nicht verstand. Das Gedränge wurde immer dichter, bis wir schließlich den „Graben" erreichten. Die Menschenmenge verhinderte unsere Weiterfahrt, so dass ich den Kutscher ausbezahlte und zu Fuß versuchte, zum vereinbarten Treffpunkt zu gelangen. Aber das war nicht einfach. An der Säule war eine Bühne aufgebaut, auf der im grellen Licht ein Mann stand, der die Massen an und in den Bann zog, alle Blicke waren auf ihn gerichtet. Ich schätze, es drängten 1000 Zuhörer auf den Platz, wenn nicht mehr.

Der Mann auf der Bühne war ein Bild von Mann, hochgewachsen, hohe Stirn, die vollen Haare nach hinten gekämmt und mit einem imposanten Bart geschmückt. Seine Stimme war athletisch, und der Graben – eine langgezogene, leicht gekrümmte Zeile mit hohen Bürgerhäusern ringsum – war ein perfekter Resonanzkörper, den er geschickt nutzte.

Jedes Wort hallte nach, und er verstand es, die so notwendigen Pausen mit dramatischen Gesten zu füllen. Ich verstand nicht viel von seiner Rede, selbst von den ekstatischen Begeisterungsrufen des Publikums nicht, aber ich bin auch kein Wiener und verstehe den Dialekt nun mal nicht. Nur ein Satz ist mit in Erinnerung geblieben. „Hier in unserem Vaterland Österreich liegen die Verhältnisse so, dass sich die Juden einen Einfluss erobert haben, der mit über ihre Zahl und Bedeutung hinausgeht.“

Ich überlegte kurz über den Satz nach und dann, wie ich in dieser Menschenmenge Ignaz finden könnte, aber er kam mir zum Glück zuvor. „Ein toller Mann, der Lueger.“ Ignaz zupfte begeistert an meinem Mantel und begann mit den anderen Zuhörern rhythmisch zu klatschen. Alle beglückwünschten sich und versicherten sich mit ausholenden Gesten ihrer Begeisterung. Der Mann auf der Bühne mit dem Namen Lueger verbeugte sich bestimmt zehnmal und verschwand schließlich in Siegespose hinter der Bühne.

„Was ich Ihnen zeigen werde, wird vielleicht ein schlechtes Licht auf unser Wien werfen, aber der Lueger, davon bin ich überzeugt, wird das ändern, wenn er denn einmal Bürgermeister ist. Aber Sie wollten ja, dass ich Ihnen hier unser Klein-Galizien zeige. Nur das Ding da werden sie nicht brauchen.“ Ignaz starrte verächtlich auf den Tatortkoffer in meiner rechten Hand, zuckte theatralisch mit den Schultern und schob mich dann zielstrebig in eine Seitenstraße des Grabens. Hier bröckelten die Fassaden mit jedem Schritt, den wir taten, mehr. Statt der viergeschossigen Gebäude mit ihren Giebelfassaden lehnten sich uns schiefe, teils unverputzte Kaschemmen entgegen, die vor Jahrhunderten gebaut sein mussten. Die Straßen waren nur noch sporadisch gepflastert, ich stolperte mehrmals, bis ich mich an das Dämmerlicht gewöhnt hatte.
An den Mauern der Gassen standen Prostituierte jeden Alters, die einen zudringlich und ordinär, die anderen apathisch in die Ferne schauend. Zielstrebig ging Ignaz voran, bis wir vor einem zweistöckigen Eckhaus stehen blieben. Auf dem Schild über dem Eingang stand „Kleidersalon“.

„Madame wird sich sicherlich über unser Kommen freuen.“ Ignaz wies nach rechts und ich entdeckte die Glocke. Eine etwa 40 Jahre alte Frau öffnete, altmodisch, aber nicht unelegant gekleidet. „Da schau einer an! Mein wackerer Ritter! Willkommen! Und er hat uns Besuch mitgebracht!“ Die Frau reichte Ignaz die Hand, und Ignaz verbeugte sich, einen Handkuss andeutend.
„Mein Freund und Kollege Adler aus Lemberg. Ein ausgezeichneter Polizist.“
„Er ist wohl gerade angekommen, mit seinem Koffer?“
Ich entgegnete nichts. Wir folgten ihr. Der Eingangsbereich hatte wirklich etwas von einem Salon. In Sitzgruppen verteilt saßen Männer, einige in Gruppen miteinander diskutierend. Andere alleine, genüsslich an einer Zigarre ziehend. Frauen gesellten sich dazu, ein Paar verschwand in einem dunklen Gang an der Stirnseite des Salons.
„Es wird bald ein Platz frei. Wollen Sie so lange an die Bar? Ich spendiere dem Herrn Ritter und seinem Gast einen Champagner!“
„Ich bin eigentlich dienstlich hier“, antwortete ich.
„Herr Adler möchte gerne den Raum sehen, wo dieser bedauerliche Unfall geschah“, fügte Ignaz hinzu.
„Madame“ hatte uns bislang nur professionell Aufmerksamkeit geschenkt. Jetzt aber drehte sie sich blitzschnell mir zu und musterte mich von oben nach unten.
„Was will er denn dort?“, fragte sie Ignaz, ohne die Augen von mir abzuwenden.
„Routine, Madame. Reine Routine. Er ist wie gesagt aus Lemberg.“
Sie nickte. „Ich zeige ihm das Zimmer.“
„Das ist sehr liebenswürdig, Madame. Ich bleibe so lange an der Bar.“

Der Kleidersalon erwies sich als ein tiefer labyrinthartiger Bau. Wir folgten dem Gang an der Stirnseite, gingen eine Stiege in den zweiten Stock, die auf einen weiteren, aber sehr verwinkelten Gang führte, von denen in kurzen Abständen kleine Räume abgingen. Einige Türen standen offen, und ich konnte im Vorbeigehen die auffallend jungen Frauen sehen, die auf den Betten saßen. In ein Zimmer schaute ich

hinein und grüßte auf Jiddisch. An der Reaktion des Mädchens merkte ich, dass es mich verstand, aber als „Madame“ hinzutrat, schaute es angsterfüllt weg.
Schließlich erreichten wir nach einigen weiteren Winkeln das Ende des Gebäudes. Durch ein kleines Fenster fiel Licht aus dem Hinterhof. Links führte eine Treppe wieder hinab in das Erdgeschoss. Rechts öffnete „Madame“ ohne zu klopfen die Tür zu dem hintersten Zimmer und verscheuchte ein Mädchen, das gerade mit seiner Toilette beschäftigt war und erschrocken aufschrie.
Ich schaute mich um und holte das Tatortfoto aus meinem Koffer.
„Das Bett stand damals anders. Jetzt steht es in der Mitte des Raums.“
„Daran kann ich mich nicht erinnern.“
Ich verglich die Winkel des Raumes mit dem Hintergrund des Tatortfotos. „Das Bett stand dort.“
Ich ging in die hintere Ecke, wo nun ein Paravent stand, den ich zur Seite schob. An der Wand hingen zwei billige Gemälde mit Bergidyllen. „Seit wann hängen die Bilder hier?“ „Ich kann es Ihnen nicht sagen. Ist das wirklich von Bedeutung?“
Den Nägeln nach zu urteilen, wurden die Bilder erst vor kurzem aufgehängt. Die Nagelköpfe glänzten noch und hatten keine Patina angesetzt. Ich hängte die Bilder ab. Sie gaben zwei tiefe nebeneinander liegende Löcher in Brusthöhe frei, die nur grob gespachtelt wurden.

Irgendetwas hatte mich an diesem schrecklichen Tatortfoto immer irritiert. Man sah den blutüberströmten Torso des Mädchens, das zerrissene Kleid, das zur Seite gedrehte Gesicht, aber darüber endete der Bildausschnitt abrupt. Jetzt sah ich, was mich an dem Foto störte: Die Arme des Mädchens waren nicht zu sehen. Meine erste Vermutung war, dass das Kind zufällig auf den Armen lag, als sie gefunden wurde. Ich schaute mir das Foto noch einmal genau an. Jetzt konnte ich es deuten: Die Arme mussten ihr hinter den Kopf gezogen worden sein. Das geht nur mit Gewalt. „War sie hier an die Wand gefesselt, als sie gefunden wurde?“
„Ich weiß nicht, von was sie sprechen.“
„Hier in der Wand waren schwere Schrauben angebracht. So etwas ken-

ne ich nur aus mittelalterlichen Kerkern."
„Sie sollten jetzt gehen. Ich weiß nicht, von was sie sprechen."
Ich ignorierte sie und schaute mich weiter um. Der Raum schien mir vollständig, wenn auch schlampig umgebaut worden zu sein. Den Umrissen der Rußspuren nach hing dort, wo das Bett jetzt steht, ein hochkantiges Gemälde – oder wahrscheinlich war es ein großer Spiegel. „Wo sind all die Sachen hingekommen? Das Bett? Der Spiegel? Die Schränke?"
Madame schaute mich jetzt beunruhigt an. „Das müssen Sie die Polizei fragen. Ich war an dem Abend nicht hier."

Ignaz hatte in einer Hand ein Champagnerglas, in der anderen ein Mädchen, dass ihm gerade etwas ins Ohr flüsterte, als wieder zurückkam.
„Und? Gefunden, was Sie gesucht haben?"
„Ich glaube, ja. Ich werde es Ihnen draußen erzählen."
„Sie sollten auch Feierabend machen. Nehmen Sie einen Champagner, dann kommen Sie auf andere Gedanken." Er beugte sich verschwörerisch zu mir herüber. „Und Madame zahlt."
„Danke, ich ziehe lieber weiter."
„Wie Sie wollen, wir sehen uns dann morgen im Präsidium!"

Ich trat auf die Straße und versuchte meine Augen wieder an die Dunkelheit zu gewöhnen. Alleine in der Gasse vor dem „Kleidersalon" standen ein gutes Dutzend Prostituierte. Und Fragen kostet nichts. Meine ersten Versuche waren nicht erfolgreich. Das Tatortfoto löste bei allen Reaktionen aus, aber nach kurzem Nachdenken drehten sich die Frauen weg. „Gehen Sie bitte weiter."

Ich beschloss, es auf Jiddisch zu probieren. Aber auch das blieb ohne Erfolg. Plötzlich hörte ich lautes Schreien aus einer dunklen Ecke, eine Männerstimme brüllte. Als ich näherkam, sah ich, wie ein Mann mit etwas, das wie eine Gerte aussah auf ein Mädchen einschlug. Ich ging dazwischen, was ihn nur weiter aufbrachte. Er war elegant gekleidet, aber grobschlächtig und nicht sonderlich beweglich. Sein unbeholfener Versuch, mich mit der Gerte zu schlagen, öffnete seine Deckung. Mit der Linken – ich trug leider den Koffer in meiner stärkeren Rechten – traf ich leicht versetzt sein Kinn, worauf er geräuschlos zu Boden ging. Das war wie im Lehrbuch, und ich war kurz ein wenig stolz auf mich. Ich inspizierte meinen Koffer, der zum Glück nichts abbekommen hatte. Der Mann stand auf und verschwand, die Schaulustigen verstreuten sich.

„Gesunt?“, fragte ich die junge Frau auf Jiddisch.

Sie nickte kurz. Sie war ein wenig ratlos und wusste nicht, was sie von mir halten sollte. „Sie sind nicht von hier?“

„Ich bin aus Lemberg, Passiert so etwas öfters?“

Sie zog kurz die Augenbrauen hoch und beschloss wohl besser nicht zu antworten. „Ich komme aus der Nähe von Czernowitz. Wie kann ich ihnen danken?“

„Vielleicht können sie mir helfen.“ Ich zeigte ihr das Foto. „Kannten Sie die Tote?“

Erst nachdem sie mit Blicken umher festgestellt hatte, dass wir nicht beobachtet werden, antwortete sie. „Sie hieß Lulu. Sie kam auch aus Galizien. Sie war wunderschön und nur eine Woche hier auf der Straße.“

„Und dann?“

„Wurde sie verkauft – an Madame. Hier gegenüber, im Kleidersalon. Da sollten Sie fragen.“ „Da war ich gerade. Die sagen mir nichts.“

„Die haben Angst.“

„Wer hat denn Lulu verkauft?“

„Ich kannte ihn nicht. Ich glaube, sie nannten in Zoltan. Er war noch nicht lange im Geschäft.“

„Wo ist er jetzt?“

„Ich habe ihn seitdem nicht mehr gesehen.“ Sie schaute sich wieder um. „Ich muss weiter.“

„A Dank. Leb gesunt!“

Sie lächelte traurig und verschwand in der Dunkelheit. Ich suchte den Weg zurück zum Graben.

„Da ist noch etwas.“ Sie hatte noch einmal kehrt gemacht. „Lulu gehörte sicherlich zu den Mädchen, die Madame in einem Haus im Alsergrund untergebracht hat. Es hat eine Fassade mit seltsamen Pflanzen.

Dort wohnen die “ersten Gewächse„, so werden sie genannt. Darf ich das Foto noch einmal sehen?“
Ich kramte das Foto wieder hervor. Sie wurde nachdenklich. „Ist sie die Debütantin, die ermordet wurde? Die, von der alle sprechen?“

Annas Nachtrag

Ich habe tief geschlafen und bin erst im Dunkeln wieder aufgewacht. Adam ist noch nicht wieder aufgetaucht. Bibi schläft neben mir tief und fest. Ich habe mich gut eingerichtet. Hoffentlich ist Adam nichts passiert. Ich gebe mich ganz in deine Hand, du wirst mich retten, du treuer Gott!

8. Kapitel

„Wollen wir etwas essen gehen?“ Ignaz kam spät in die Wache, es war früher Nachmittag.
„Kommen Sie erst einmal rein.“ Ich hatte für mein Büro zwei Stühle organisiert. „Ich möchte mit Ihnen das weitere Vorgehen besprechen.“
Ignaz setzte sich missmutig. Ich begann ohne Umschweife.
„Was hat es mit der Debütantin auf sich, die ermordet wurde?“
Ignaz stöhnte. „So nennen die ehrlosen Schufte der Boulevardpresse die tote Dirne, deren Mörder wir suchen. Sie können sich ja vorstellen: 'Debütantinnen-Mord', so etwas verkauft sich. Jeden Tag ein neues Gerücht. Und das am Beginn unserer herrlichen Ballsaison, wo alle Wiener Mädchen ihr Debüt auf dem Parkett geben. Deshalb müssen wir den Fall ja auch schnellstens aufklären.“
„Das Opfer im Kleidersalon wurde gefoltert. Das Zimmer war ein regelrechter Folterkeller.“
„Wenn Sie das sagen.“ Ignaz schaute gelangweilt auf die leere Tafel, die ich an der Wand befestigt hatte. „Damit haben wir aber immer noch keine Spur zu dem Mädchenhändler.“
„Die brauchen wir nicht weiterverfolgen. Der Schlepper war nicht ihr Mörder. Der Mörder war ein Mann mit extrem gewalttätigen Phantasien, ein Mann, den es erregt, Frauen Schmerzen zuzufügen. Es gibt

mittlerweile einige Literatur über diese Art von Tätern."
Ignaz stand auf und unterbrach mich. „Halt! Halt! Halt! Und nochmals Halt! Wir suchen den Schlepper, der das Mädchen nach Wien gebracht hat. Darüber besteht nun einmal Konsensus. Wir finden ihn, und dann ist der Fall für uns erledigt. Ich führe hier die Ermittlungen."
„Wir haben vereinbart, den Mörder zu finden. Haben Sie das schon vergessen? Noch einmal: Der Schlepper war nicht der Mörder. Ein Schlepper hat kein Interesse, seinen Besitz zu verunstalten oder zu töten, dann bringt der ihm kein Geld mehr ein. Wir suchen einen Kunden des Kleidersalon."
Ignaz seufzte und verdrehte die Augen. „Und wie wollen Sie das bitte anstellen? Im Kleidersalon gehen Hunderte Männer ein und aus, auch hochangesehene Mitglieder unserer Gesellschaft, wenn ich das hinzufügen darf. Der Salon hat einen ausgezeichneten Ruf. Er ist vielmehr ein Salon, wie es sie in Paris gibt, Madame hat einen Treffpunkt der ausgezeichneten Männer, die unser Wien zusammenhalten, geschaffen."
„Wer hat die Leiche damals untersucht? Wenn es ein Mord war, muss ein Mediziner ihre Todesursache festgestellt haben."
Ignaz überlegte kurz. „Sie kam wahrscheinlich in die Pathologie in der Spitalgasse. Da kommen sie alle hin." Er stand auf. „Ich jedenfalls gehe jetzt etwas essen."

Wien 2. Dezember

Der zweite Tag in Wien geht dem Ende zu. Es wird dunkel und ich bin nicht einmal vor der Tür gewesen. Auch sonst bin ich keinen Schritt weiter gekommen.

Adam muss spät in der Nacht nach Hause gekommen sein. Er schlief bis in den Mittag. Bibi war ausgeflogen, als wir uns an dem einzigen Tisch in der Wohnung setzten gemeinsam aßen. Adam wirkte bedrückt. Ich war gespannt auf seine Erkenntnisse, aber unsere Unterhaltung begann schleppend.
„Vielleicht solltest Du Deinen Plan besser aufgeben." So fing er an.
Ich konnte mir keinen Reim auf sein Adams Verhalten machen. Er schwieg und wartete lange, bis er fortfuhr. Ich hoffe ich habe ihn richtig verstanden. Er sagte, dass es „mächtige Menschen" seien, die hinter

~~Annas~~ Sarahs Tod stehen. „Sehr mächtige Menschen!" - das wiederholte er immer wieder.
Ich ließ nicht locker und bat ihn alles zu erzählen, was er in Erfahrung bringen konnte. Sarahs sogenannter Ehemann vermittelte sie erst an einen Wiener Künstler, für den sie Modell saß. Als der Künstler das Interesse verlor, wurde sie an einen Ungarn namens Zoltan verkauft. Für den musste sie auf die Straße. Das alles hätte mich noch vor ein paar Tagen zum Weinen gebracht, aber jetzt nahm ich das stumm hin. Adam beobachtete unsicher meine Reaktion, und setzte dann fort. Es wurde wohl noch schlimmer für Sarah. Ihre Schönheit sprach sich schnell herum. Warum war sie auch nur so hübsch? Eine Frau – Leopoldine, aber alle nennen sie Madame – machte diesem Zoltan wohl ein Angebot. Offiziell betreibt sie ein Bekleidungsgeschäft, aber in Wirklichkeit verkauft sie Mädchen. Und da beginnt wohl das Problem. Adam machte wieder eine lange Pause, bevor er fortsetzte. Bei dieser Frau würden nicht die kleinen Leute verkehren, sondern Männer mit seltsamem Geschmack und viel Geld. „Und viel Macht." Auch das wiederholte er bestimmt dreimal. Viel Macht? Hat nicht jeder mit Geld Macht? Ich konnte noch immer nicht das Problem sehen und sah ihn ratlos an. Dann endlich wurde Adam deutlich. Alle, die er gesprochen hat, sagten ihm: Misch Dich da nicht ein! „Sonst schwimmst Du tot im Wiener Wasser!"
Ich wollte gerade fragen, wie der Künstler hieß, bei dem Sarah Modell stand, als Bibi lärmend in die Wohnung stürmte, eine neue, wohl auf der Straße aufgegabelte Bekanntschaft im Schlepptau. Adam legte beschwichtigend einen Finger auf seine Lippen, stand auf und begrüßte Bibi überschwänglich.
Bibi hatte ihrer Begleitung natürlich auch eine neue Frisur versprochen. Zum Glück habe ich meine wichtigsten Utensilien mitgebracht, den kleinen Spiegel, die Scheren und sogar mein schönes Rasiermesser. Der Tag verging mit Haare schneiden. Adam verschwand wieder gegen Abend.

Nachtrag

Der Künstler heißt Gustav Lind, das hat Adam mir gerade im Gehen zugeflüstert. Er murmelte noch, dass dieser Lind nicht nur arme Mädchen malt, was immer er damit meint.

9. Kapitel

Das Haus mit den seltsamen Pflanzen im Alsergrund, von dem das Mädchen im Graben sprach, hatte ich schnell gefunden. Ihre Beschreibung war zwar vage, aber jeder Passant wusste sofort, welches Haus ich meinte und wies mich einen Block weiter, bis ich schließlich davor stand. Es war wirklich einzigartig. Das Treppenhaus in der Mitte war nach außen gewölbt und an den Seitenfassaden schlängelten sich lange Pflanzenstiele nach oben, wie ich sie einmal in den Sümpfen Wolhyniens gesehen habe. Die Stiele endeten in bunten Kacheln, die die Blüten darstellten.
Der Pförtner ließ sich schnell von meinem Lemberger Polizeiausweis beeindrucken, stellte sich aber genauso schnell als ziemlich ahnungslos heraus. Hier wohnen höhere Töchter aus dem Wiener Umland, die auf einer Haushaltsschule für höhere Töchter lernen, das war seine feste Überzeugung. Ich zeigte ihm das Tatortfoto. Er erschrak.
„Ja, die wohnte hier, sie nannte sich Lulu, aber ich habe sie schon lange nicht mehr gesehen."
Ich bat ihn, mir ihr Zimmer zu zeigen. Nach einigem Zögern verschloss er den Haupteingang, nahm einen Schlüssel von einem Bord und zeigte mir den Weg.
„Ich gebe Ihnen fünf Minuten." Er schloss ein Zimmer im dritten Stock auf und beobachtete neugierig mein Tun. Ich hatte Glück, in dem Raum wurde nichts verändert, das Zimmer wirkte, als ob es erst vor wenigen Minuten verlassen worden war. Ich öffnete meinen Tatortkoffer, zog Handschuhe an und nahm Fingerabdrücke von der Türklinke, dem Bettgestell und dem Beistelltisch. Das Zimmer war sauber, hatte ein Bett, ein Waschbecken und ein großes Fenster, durch das gerade so die noch erstaunlich warme Wintersonne fiel. Auf einem Tisch unter dem Fenster lag ein Koffer mit wenigen Habseligkeiten – Wäsche, Überbekleidung, im Saum des Koffers versteckt fand ich eine Kette mit

einem kleinen Anhänger. Unter dem Koffer fand ich ein Etui und darin einen von meiner Behörde ausgestellten Passierschein sowie eine von einem Rabbi ausgestellte Heiratsurkunde. Anna hieß Sarah Goldader und ihr Ehemann Zoltan Borach. Sarah hatte noch einen Zettel beigelegt, auf dem handschriftlich Adressen notiert waren, die ich aber nicht deuten konnte. Ganz unten lag eine Rechnung für ein Ballkleid, ausgestellt von einer Firma „Seidenfärber“. „150 Gulden. Könnten Sie sich das leisten?“ Ich dachte laut und überraschte den Portier mit meiner Frage. Er überlegte. „Für 150 Gulden muss ich ein Jahr lang arbeiten. Aber bitte gehen sie jetzt, die fünf Minuten sind um.“

Ich nahm das Etui an mich, zog die Handschuhe aus und verstaute alles in meinem Koffer. „Wem gehört denn dieses Haus?“, fragte ich im Hinausgehen.

„Ich weiß es nicht.“ Der Portier schloss das Zimmer wieder ab.

„Wer hat Sie denn eingestellt? Von irgendjemand müssen Sie doch ihren Lohn erhalten.“

„Mich hat der Hausmeister eingestellt. Er kommt einmal die Woche vorbei, wenn sonst nichts ansteht, und zahlt mir das Geld aus. Da gab es noch nie ein Problem. Er müsste heute eigentlich kommen.“

Ich stand wieder auf der Straße. Das Haus mit den seltsamen Pflanzenornamenten lag gegenüber einem kleinen Park. Die Sonne schien, und ich war versucht, auf einer Parkbank Platz zu nehmen, entschied mich aber um und winkte eine Kutsche heran.

Das anatomische Institut der Pathologie in der Spitalstraße war nur wenige Minuten zu Fuß entfernt. Es hatte einen hervorragenden Ruf. Als ich davorstand, war ich dann doch ein wenig enttäuscht. Während jedes noch so unbedeutende Palais am Ring mit Marmor und hohen Säulen glänzte, stand ich nun vor einem einstöckigen Zweckbau, von dem der Putz bröckelte. Im Kontrast dazu wurde das Institut von einem kreisrunden, sicher 30 Meter hohen Turm überragt, der unheimlich das ganze Areal überragte und dessen Sinn sich mir nicht erschloss. Das ganze Gelände war rätselhaft. Es war früher Nachmittag und keine Menschenseele zu sehen. Der Haupteingang des Instituts war verschlossen, aber ich fand an der Längsseite eine offene Tür.

Die fensterlosen Gänge waren dunkel, nur durch einzelne Glastüren fiel Licht hinein. Die Beschilderung hingegen war gut. Ich fand schnell den verwaisten Sektionssaal und trat ein. Sollte hier wirklich niemand mehr am Arbeiten sein? „Was machen Sie hier?"
Das Licht ging an. Ich zuckte zusammen. Jemand muss mir lautlos gefolgt sein. Ich drehte mich um und sah in das Gesicht eines kleinen Mannes. Ende zwanzig mit hoher Stirn und einer Metallbrille. Er wirkte genauso unsicher wie ich.
„Mein Name ist Jacob Adler." Ich zeigte ihm meinen Dienstausweis.
„Mein Name ist Johan Seidler." Er inspizierte meinen Ausweis. „Sie kommen aus Lemberg?" Ich nickte.
„Sie nehmen einen so weiten Weg und kündigen sich uns nicht an? Warum schleichen Sie hier herum?"
„Ich hatte gehofft, hier noch jemand anzutreffen. Ich ermittle in einem Mordfall."
„Als Lemberger Polizist dürfen Sie hier nicht ermitteln. Wir haben unsere eigene Polizei."
Seidler stutzte. „Sie haben ja einen Koffer mit – ein Tatortkoffer?" Seidler war wirklich interessiert.
„Das ist ein Lemberger Koffer, den darf ich Ihnen leider nicht zeigen."
Seidler lachte vergnügt, nahm den Koffer behutsam an sich und öffnete ihn. Neugierig inspizierte er die Utensilien. „Das ist Präzipitin. Können Sie damit umgehen?"
„Ich habe bei Hans Gross studiert."
Seidler war sichtlich beeindruckt. „Was wollen Sie denn von uns wissen?"
„Ich ermittle im Mordfall Sarah Goldader. Wurde sie hier obduziert?"
„Sarah Goldader – das sagt mir nichts."
„Man nennt sie überall die "Debütantin„.
Ach, die Debütantin. Die Ärmste."
„Ja."
„Sie wurde hier obduziert, aber nicht von mir." Seidler schnappte sich aus einem Schrank den Obduktionsbericht. „Viel steht nicht drin. Die Untersuchung war nicht allzu gründlich – seltsam, bei so einem prominenten Fall. Die Leiche müsste noch in der Eisgrube sein. Laut Akte

streiten sie sich noch, wer sie beerdigt und wer die Kosten übernimmt. Wollen Sie die Tote sehen?"

Auf dem Weg ins Leichenschauhaus sprach Seidler ununterbrochen. Er hat sonst kaum Besuch und freut sich umso mehr, dass einmal jemand kommt, der seine Arbeit zu würdigen weiß. Die Polizei nehme ihn nie ernst.

Sarah war wirklich noch in der Eisgrube, wir hievten sie auf eine Bahre.

„Gut, die Todesursache ist ja eindeutig." Seidler beugte sich über die Leiche. „Verblutet nach Durchtrennung der Pulsschlagader. Dieser Stich hier war tödlich. Die Ärmste. Wer tut so etwas? Das sind über ein Dutzend Stiche im Oberkörper. So einen Exzess sieht man selten." „Sehen Sie das hier?" Ich hatte mich mehr mit ~~Annas~~ Sarahs Kopf beschäftigt und am Hals rote Verfärbungen gefunden.

„Würgemal", sagte Seidler, „davon steht aber nichts im Bericht."

„Können wir die Leiche einmal umdrehen?", fragte ich. Wir packten gemeinsam an. „Striemen", rief Seidler erschrocken aus.

„Das sind Striemen. Das Opfer wurde gefoltert, bevor es getötet wurde."

„Davon steht auch nichts im Bericht. Das muss doch alles aufgefallen sein." Seidler stand sprachlos vor der Leiche, dann begann er ungläubig in der Akte hin und her zu blättern, um sicher zu gehen, dass er keine Seite übersehen hat. „Nichts. Wirklich nichts."

Erzählerin Anna : Wien 3. Dezember

Ich war heute das erste Mal mit Bibi vor der Tür. Es war ein sonniger Wintertag. Im Vorderhaus gibt es einen Laden, der alles hat, was wir brauchen.

Adam kam gegen Mittag wieder. Wir hatten einen handfesten Streit. Er will mir immer noch meinen Plan ausreden. Ich blieb beharrlich und erinnerte ihn mehrmals an sein Versprechen. Das hatte dann irgendwann Wirkung. Er zog wieder los und will mir einen Kontakt zu diesem Künstler besorgen, bei dem Sarah Modell stand und der Adam zufolge immer wieder neue Modelle suche.

Nachtrag

Was ist „Wiener Wasser“? Adam fragen.

10. Kapitel

Es sind wahrlich ungeheuerliche Dinge, die über Ferdinand Brunner ans Tageslicht gekommen sind. Angesichts dieser Ungeheuerlichkeiten mag dem geneigten Leser die Bagatelle, mit der ich meine Erzählung, mein bescheidenes literarisches Psychogramm dieses Menschen, der so viele Zeitgenossen täuschen konnte, beginnen möchte, möglicherweise abseitig, vielleicht aber auch nur banal erscheinen. Als ich sie erstmals aus dem Munde Brunners selbst hörte, erging es mir ebenso. Aber im Zuge meiner Arbeit – je tiefer ich in die Welt dieses Januskopfs eintauchte – erschien sie mir immer bedeutsamer zu werden.

Die kleine Episode ereignete sich am Abend der großen Wohltätigkeitsveranstaltung in seiner Villa. Als Vorsitzender der allseits geachteten „Philanthropischen Societät“ hatte er Wiens Hautevolee geladen und war in den letzten Vorbereitungen. Alles lief nach Wunsch, der große Salon war geschmückt, das Personal instruiert. Aber dann passierte es.

Er stand er in seinem Bad mit den drei riesigen goldenen Barockspiegeln, die sicher nicht zufällig an ein Retabel erinnerten – das weiße Hemd und der Frack von Knize waren pünktlich geliefert worden und lagen bereit – und schnitt sich beim Rasieren. Die meisten hätten wohl versucht, die Blutung so schnell es geht zu stillen. Nicht so Ferdinand Brunner. Fasziniert beobachtete er, wie sich das Rot des Blutes seinen Weg durch das Weiß des Schaumes bahnte. Ihn durchströmte dabei ein eigentümliches Wohlgefühl. Es sei, bekannte er mir gegenüber, als würde sich die Schönheit des Weiß erst durch die „Befleckung“ vollkommen entfalten. Da er mir seine Gedanken angesichts einer anderen viel dramatischeren Bluttat berichtete, wunderte ich mich nicht wenig. Ich maß ihnen aber damals nicht viel Bedeutung bei. Heute weiß ich, dass diese vermeintlich nebensächliche Äußerung wahrscheinlich der Schlüssel zu Brunners seelischen Abgründen ist.

Dass es überhaupt zu diesem Malheur kam, war Ferdinand Brunners erhitztem Zustand geschuldet. Zu heißblütig hatte er sein geliebtes mit Intarsien geschmücktes Barbiermesser – ein Geschenk des Bürgermeisters – an den Hals geführt. Er war fieberhaft angespannt, es stand viel auf dem Spiel für ihn. Sein Philanthropenball war ein Misserfolg, das musste er sich eingestehen, und das hatte er noch nicht verwunden. Ganz Wien hatte seine rauschende Ballnacht vergessen und sprach seit Tagen nur noch über den Tod dieses kleinen Mädchens. Eine desaströse Erfahrung für von Erfolg zu Erfolg eilenden Geschäftsmann Er hatte den Ball minutiös organisiert, das Orchester engagiert, den prunkvollen Saal ausgestattet, die Debütantinnen handverlesen. Jede Minute im Ablauf hatte er tage- und nächtelang durchgespielt. Ein besonderer Coup war ihm mit der Wahl des Ballsaals gelungen – nicht am Hofe, nein in dem bei uns Bürgerlichen ungleich beliebteren Café Central sollte die Gala gefeiert werden. Dafür stattete er den Saal aufwändig mit elektrischem Licht aus, was ihn eine nicht unbeträchtliche Summe gekostet haben dürfte. Der Ball der Philanthropen hätte alle höfischen Bälle überstrahlt, da war er sich sicher, und er wäre dafür gefeiert worden. Nicht nur, dass der Erfolg sein Renommee – und natürlich das der Philanthropischen Sozietät – ins Unermessliche gesteigert hätte: für jemanden, der Immobilien verkauft wie er, sind derlei Anlässe die beste Möglichkeit, neue Geschäfte anzubahnen. Er hatte den Polizeipräsidenten eingeladen und hätte die wichtigsten Personen der Wiener Oberschicht treffen sollen. Und sie kamen alle – der Bürgermeister erwarb gleich ein Dutzend Billetts und verteilte sie an Freunde. Der Intendant des Burgtheaters, zahlreiche Professoren aus allen Fakultäten, Wohltäter, Unternehmer und Künstler, kurz die Elite Wiens versammelte sich an diesem denkwürdigen Abend.

Und dann waren da natürlich noch die vielen bildhübschen Debütantinnen. Eine saß direkt in seinem Blickfeld. Sie hatte ebenfalls Gefallen an ihm gefunden, das spürte er sofort – auch wenn sie seinen Blick nur einmal erwiderte und sofort verlegen wegschaute. Er kannte das, das kokette Zieren, mit dem sich Frauen interessanter machen wollen. Er wollte gerade ein Kompliment über ihr herrlich weißes Kleid machen, als ihm die Nachricht zugesteckt wurde. Es dauerte nicht lang, bis sie sich das Getuschel wie ein Lauffeuer unter den Gästen verbreitete und ihm den Abend verdarb – nicht nur geschäftlich.

Die Wohltätigkeitsveranstaltung an diesem Abend in seiner Villa musste einfach zu einem Erfolg werden, über den ganz Wien am nächsten Tag sprechen wird! Mit diesen düsteren Gedanken war er beschäftigt, als er sich im Spiegel betrachtete und dann erneut das Messer ans Kinn führte. Ein plötzlicher Kontrollverlust – er zuckte ganz kurz, nur den Bruchteil einer Sekunde, nicht mehr. So kam es zu diesem so bedeutsam unbedeutenden Schnitt.

Wien 3. Dezember

Gerade war ich böse auf Adam geworden. Er kam und kam nicht, und ich lief unruhig durch die Wohnung sinnlos alle Zimmer ab und probierte ein Dutzend Mal alles an, was ich mitgenommen habe – nicht viel. Aber auf Adam kann ich mich verlassen, plötzlich, gegen Nachmittag stand er in der Tür. Ich soll mich heute noch bei diesem Lindt vorstellen! Ich bin einfach zu ungeduldig. Ich muss mich jetzt noch schminken.

11. Kapitel

Ich hatte nun Gewissheit. Die „Debütantin“ wurde brutal von einem Freier ermordet, ja hingerichtet. Meine einzige Spur führt zu dem Haus mit der Blumenfassade. Ich beschloss dorthin zurück zu kehren und verabschiedete mich von Seidler, der mich gar nicht gehen lassen wollte.

Ich versprach, ihn die nächsten Tage wieder zu besuchen.

Der kleine Park vor dem Haus erwies sich als perfekter Platz zum Warten, der Portier vermutete ja, dass der Hausmeister heute noch kommen würde. Vielleicht hatte ich Glück. Ich belegte eine Bank, von der ich das Eingangsportal einsehen konnte, ohne von der Straße aus groß aufzufallen. Die Sonne schien durch die fast blattlosen Bäume und tauchte den Park in ein fast frühlingshaftes Licht. Das Donaubecken war in diesem Herbst von einer Hitzewelle erfasst worden, und während Galizien schon unter den ersten Frostwellen litt, spielte sich das Leben hier noch wie selbstverständlich auf der Straße ab. Auf einer Nachbarbank hatten zwei Frauen Platz genommen, die sich über den täglichen Klatsch austauschten. Die Anspielungen verstand ich nicht, aber auch der Debütantinnenmord war kurz ein Thema. Ein laut seine Waren anpreisender Würstelverkäufer zog vorbei mit einer Horde lärmend bettelnder Kinder im Schlepptau.

Dann hielt ein Einspanner vor dem Haus. Ein Mann stieg vom Bock, verschwand aber nicht im Haus, sondern ebenfalls im Park. Das alleingelassene Pferd wurde kurz darauf unruhig. Ich brauchte ein wenig, um zu erkennen, warum. Eine verzweifelte Hummel roch den Pferdeschweiß und attackierte den Gaul, das zunehmend panischer reagierte und mit dem Schweif um sich schlug, was die Hummel nur aggressiver machte. Bevor das Pferd ausbrechen konnte, kam der Kutscher zurück gerannt, fluchend mit halb heruntergelassenen Hosen. Nein, das war nicht der Hausmeister, den ich suchte. Er beruhigte das Pferd, stieg auf und setzte missmutig seinen Weg fort.

Dann passierte lange nichts, ich begann schläfrig zu werden. Ein Summen ertönte. War es die gleiche Hummel oder eine andere? Sie ließ nicht ab, kam näher, ließ sich von mir vertreiben, kam wieder näher. Eine Hummel so spät im Jahr? Wie hat sie so lange überlebt? Mir wurde schwarz vor Augen.
„Wieso kann die Hummel überhaupt fliegen, sie ist doch viel zu dick für die kleinen Flügelchen?“
Ich sehe mich als Primaner auf einer Schulbank sitzend, die schwarzen

Haare leicht abstehend, obwohl sie meine Mutter jeden Morgen sorgfältig gekämmt hat. Ein übergroßer gesichtsloser Lehrer tritt neben mich und gibt mir eine Ohrfeige. „Schluss mit der vorlauten jüdischen Fragerei, Jacob Adler."

Dann sah ich aus dem Augenwinkel eine unmerkliche Bewegung und wurde wieder wach. Ein schlanker Mann, vielleicht 30 Jahre alt, mit einem beigen Sakko und einer randlosen Brille lief an mir vorbei und musterte mich aus den Augenwinkeln. Mir war, als ob ich ihn schon einmal gesehen hatte. Ich schaute ihm hinterher, dann fiel es mir ein. Er erinnerte mich an einen Mann, der neben mir vor dem Bahnhof ebenfalls eine Kutsche ergattern wollte. Ich hatte ihm seine Kutsche weggeschnappt. Aber vielleicht irrte ich mich. Viel mehr Zeit zum Nachdenken hatte ich nicht – ein Zweispanner hatte vor dem Haus gehalten. Ein bulliger Mann sprang ab und routiniert die Stufen hoch. Ich stand auf. War das der Hausmeister?
Ich ging auf die Straße und wartete unschlüssig. Ich hatte mich gerade entschlossen, ihm zu folgen, als er wieder in der Tür erschien und die Stufen zur Kutsche abstieg, dabei Geld zählend. Er verstaute es und kletterte auf den Bock. Ich sah mich um und sah eine Mietdroschke in die Straße einbiegen.

Wien 3. Dezember

Was für ein Tag! Ich bin wieder zurück und in unserer Wohnung. Es ist spät, Bibi und Adam schlafen schon, aber ich will zumindest den ersten Teil des Tages aufschreiben, damit ich keine Details vergesse. Wer weiß, ob ich morgen dazu komme.

Adam hatte eine Kutsche organisiert. Wir sind etwa eine halbe Stunde gefahren, als wir in ein großes Tor mitten in einem Wohnhaus einbogen. Dahinter befand sich ein einstöckiges Haus wie in einem Dorf mit Terrasse inmitten eines großen Gartens. Ich erkannte verblühte Chrysanthemen und Rosen, eine große Linde und sah einige Pflanzen, die ich noch nie gesehen habe, sogar einen Teich. Den Garten hat sicherlich ein Fachmann angelegt. Er hat aber stark gelitten, wahrscheinlich war der Sommer hier sehr heiß gewesen. Auf der Terrasse

saß Lindt. Er verschwand geradezu in einer seltsam cremefarbigen und weit geschnittenen Kleidung, aus einem sehr groben Stoff gefertigt. Vielleicht ist er ein wenig dick und will das verbergen. Er rauchte eine Zigarre und sah mit seinem runden Gesicht, dem gut gestutzten Vollbart und den nach hinten gekämmten Haaren wie eine Gestalt aus dem Tanach aus. Er begrüßte mich freundlich. Ich wurde in ein Umkleidezimmer geführt, in dem ich verschiedene Kleider anprobieren musste. Eine Schneiderin half mir dabei. Zur Auswahl standen lange wunderschöne Abendkleider mit langen Falten und ohne Schleppe, mit denen ich nacheinander die Terrasse betrat. Lindt betrachtete mich eingehend, aber schweigsam. Ich hatte schließlich ein rosafarbenes Kleid an, das ihn zum Verzücken brachte. „Das ist es!" Er stand mit einem Ruck auf und begann einen Tanz, indem er von einem Bein aufs andere sprang.
Schnell war er sich mit Adam einig, der von einem Gehilfen einen Umschlag überreicht bekam, aus dem er einen 10-Kronen-Schein nahm und mir unauffällig zusteckte. Lindt würde mir eine Kutsche nach Hause besorgen, flüsterte mir Adam zu und verabschiedete sich.

Ich dachte nun, Lindt wolle mich malen, aber er setzte sich wieder auf die Terrasse und sagte mir, ich könne mich gerne in seinem Atelier umsehen, wir hätten noch Zeit. Der Mitarbeiter zeigte mir den Weg dorthin und erwähnte, dass ich gar nicht als Modell engagiert sei. Lindt sei heute bei einer Wohltätigkeitsveranstaltung eingeladen und ich für den Abend seine „Muse", was immer das auch ist.
Das Atelier befand sich im hinteren Teil des Hauses und mehr ein einziges Chaos aus Bildern verschiedener Größe, die an der Wand hingen oder hintereinander gestapelt waren, verschiedenen Tuben und Töpfen. Wir kämpften uns durch das Labyrinth, immer darauf achtend, nicht in einen Farbklecks zu laufen. Lindt malte ausschließlich Frauen, manche wie ich in Abendkleidung, andere in sehr privaten Situationen mit nackten Brüsten und Schultern. Sie sahen alle wie Engel aus. Ein besonders großes Bild in der Mitte des Raums war gerade im Entstehen, nur das Gesicht war fortgeschritten, der Rest nur schwarze Linien. Es zeigte eine Frau mit kleiner Nase und lockigen schwarzen Haaren,

die gerade einmal über die Ohren gingen. So einen Haarschnitt habe ich noch nie gesehen. Dann entdeckte ich sie. Das Bild war unfertig, bestand mehr aus Strichen ohne Farbe und stand in einer Ecke, aber es zeigte unverkennbar Sarah – halb liegend im Profil. Lindts Assistent wusste nicht, wer sie ist. Also ließ ich ihn verdutzt stehen, ging ich wieder hinaus und fragte den Meister selbst, bevor sein Assistent mich stoppen konnte. Zu unserer Verwunderung stand Lindt sofort auf und folgte mir ins Atelier. Lange betrachtete er die Skizze. Es sei ein neues Bild von ihm, aber den Namen des Mädchens kenne er nicht. Sie wurde ihm von einem Zoltan vermittelt, aber sie kam nur einmal und nie wieder. Aber es kommen jeden Tag Mädchen, sagte er. Manchmal male er sie, manchmal nicht, und manchmal verliere er während des Malens das Interesse. Es seien einfach zu viele da draußen. Ich beschloss, erst einmal nicht weiter zu fragen.

So viel erst für heute, die Kerze geht gleich aus. Ich hoffe, ich finde morgen Zeit, den Rest des seltsamen Tages aufzuschreiben.

12. Kapitel

Der Kutscher war erst unwillig. Eine andere Droschke ohne festes Ziel zu verfolgen fand er abwegig, aber ein 5-Kronen-Schein überzeugte ihn. Der Kutscher vor uns fuhr anfangs gemächlich stadtauswärts. Dämmerung setzte ein, und es war wenig Verkehr auf den Straßen. Wir passierten einen Bahnhof, ab da wurden die Straßen immer steiler und einsamer. Wir hielten Abstand zur Droschke vor uns, aber wohl nicht genug. Plötzlich bog sie scharf ab und verschwand aus unserem Blickfeld.
„Der will garantiert nach Döbling.“
Meinen Kutscher packte den Ehrgeiz, er trieb seine Pferde an.
„Döbling?“
„Da wo die Reichen in ihren Cottagen wohnen.“
Wir bogen scharf um die Kurve und sahen die Droschke wieder, aber mit viel Vorsprung. „Das holen wir auf.“

Ich hielt mich fest und versuchte meinen Tatortkoffer nicht zu verlieren. Die Straßen wurden schlechter, steiler, die Häuser immer prunkvoller und einsamer. Die Droschke vor uns verschwand hinter einer Kuppe wieder.
„Na warte!“ Mein Kutscher bog ohne Vorwarnung ab, offensichtlich in der Hoffnung, den Weg so abzukürzen, die Kutsche neigte sich bedenklich, kippte aber nicht um. Er trieb die Pferde erneut an, bremste, bog in eine kleine Straße ab, nahm Fahrt auf und hielt unvermittelt vor einer Baustelle an einer Kreuzung mit einer größeren Straße. Wir spähten in die Dunkelheit. Von der Droschke war in der Einsamkeit weit und breit nichts zu sehen und zu hören. Unter uns wurden in der Wiener Altstadt die ersten Laternen entzündet. Mein Kutscher schaute unbeirrt nach vorne. Plötzlich zeigte er mit dem Zeigefinger triumphieren nach vorne.
„Da ist er.“
Und tatsächlich, vor uns kreuzte eine Kutsche gemächlich, wohl mit der Gewissheit, uns abgehängt zu haben. Mein Kutscher setzte die Droschke wieder in Gang und wir hielten Abstand, so dass er uns nicht erneut entdecken konnte. Er bog aufwärts in eine kleine Gasse ab, die an einem großen Grundstück endete. Vor einer Einfahrt hielt er an und stieg ab. Es war nicht der Haupteingang, eher der Dienstboteneingang. Ich bedeutete meinem Kutscher mit einer gewissen Distanz auch zu halten, bedankte mich und lief zum Grundstück. Der Eingang war leider hinter dem Mann zugefallen, also umrundete ich zu Fuß das Anwesen.

Zu meinem Erstaunen war ich an der Hauptseite nicht allein. Hinter dem Eingang führten Treppen zur Villa empor, die mit Fackeln geschmückt waren. Im Minutentakt hielten Kutschen und entließen ihre Gäste – allesamt Wiener Oberschicht, wie an der teuren Kleidung unschwer zu erkennen. Ein Banner war über dem Eingang gespannt. „Willkommen zur Wohltätigkeitsversteigerung der Philanthropischen Societät.“ Am Ende der Treppe wurden die Einladungen kontrolliert, aber auf halber Höhe konnte man in den Garten abbiegen. Ich holte kurz Luft, passte einen Moment ab, an dem eine Gruppe von Gästen vor mir den Blick nach unten versperrte, stieg die Treppen hoch und verschwand im Garten. Ich fand eine Laube, hinter der ich meinen Koffer versteckte, und erkundete den Garten, so gut es im Dunkeln ging. Ich fand einen Weg, um unbeobachtet zur Terrasse zu gelangen, die schon gut mit Gästen gefüllt war. Ich gesellte mich dazu, nahm einem der vielen Kellner ein Sektglas ab und schlenderte so unauffällig ich konnte in die Villa.

Das Zentrum der Villa war ein großer Empfangssaal, von dem an einer Seite Flügeltüren in weitere Räume führten. An der gegenüberliegenden Seite war eine Bühne aufgebaut, auf der ein Quartett spielte. Durch den Haupteingang strömten unablässig die Gäste und begrüßten sich gegenseitig. Es waren meist Paare, einzelne Gäste wie ich waren die Ausnahme. Der Empfangssaal war im Obergeschoss von einer Balustrade begrenzt, auf der man den Raum umrunden konnte und von der wieder Zimmer abgingen, wahrscheinlich der private Bereich des Hauses.

Ich folgte den Bewegungen der Gäste. Sie schienen wie ein Magnet die Nähe eines Mannes mit Bart und schütterem Haar zu suchen, der ganz anders als sie gekleidet war. Aus der Ferne sah ich nur ein beiges sackartiges Hemd ohne Kragen, dessen obere Knöpfe er offengelassen hatte. Jeder schien ihn zu kennen und war erpicht, ihn persönlich zu begrüßen, was zu einigem Gedränge führte. Er hatte eine wunderschöne Frau mit kurzen schwarzen Haaren in einem rosa Kleid in den Armen, die er recht ruppig durch die heranbrandende Gesellschaft drehte. Nach zwei Drehungen konnte ich ihr Gesicht sehen und erschrak. Das war das Mädchen, das ich in Tysmenitz verhört hatte – die beste Freundin der Toten. Konnte das sein?
Ich kam nicht dazu, weiter zu überlegen, denn plötzlich kamen Applaus und Hochrufe auf. Die Gesellschaft drehte sich und schaute die Balustrade hoch, auf der erst ein stattlicher Mann und dann seine Frau erschienen. Sie nahmen den Applaus entgegen und grüßten in die Menge. Mein Nachbar, auch er alleine anwesend, klatschte begeistert und pfiff sogar durch die Finger.
„Sind Sie auch ein Mitarbeiter von Brunner?“ Er stieß mich begeistert

an.
„Ich bin aus Lemberg", antwortete ich leicht verdutzt.
„Ach, dort baut er auch? Dieser Brunner ist ein Genie. Ein Visionär! Alles, was er anfasst, wird zu Gold."
Ich nickte, und die Unterhaltung war beendet. Brunner und seine Frau stiegen die breite Freitreppe in den Empfangsaal hinab und begrüßten ihre Gäste. Das Quartett spielte nun ein wenig lauter, während sich Brunner routiniert zur Bühne durchkämpfte. Kaum hatte er sie erreicht, verebbte die Musik, der Saal wurde in ein Halbdunkel getaucht und nur er war von zwei Lampen angestrahlt zu sehen.
„Meine lieben Freunde, lieber Herr Bürgermeister, hoch verehrter Herr Finanzminister. Ich würde Sie gerne alle persönlich begrüßen, aber Sie sind unserer Einladung in so großer Zahl gefolgt, dass ich befürchte, dies wäre die erste Aufgabe in meinem Leben, an der ich scheitern müsste."
Gelächter setzt ein, nach einer kurzen Pause und einigen theatralisch beschwichtigenden Gesten fuhr Brunner fort.
„Ich kann Ihnen nicht sagen, wie dankbar wir Ihnen allen sind. Mit Ihrem Erscheinen heute und Ihren großzügigen Spenden können wir nun wirklich das Ziel unserer Sozietät verwirklichen: Ein Heim zu schaffen, für Kinder, die nicht so viel Glück hatten, wie wir, die unverschuldet ohne ihre beschützenden Eltern aufwachsen müssen. Waisenkinder! Die Not ist groß. Und wir alle zusammen können sie gemeinsam überwinden! Aber jetzt wird erst einmal gefeiert!"
Erneut setzte Applaus ein, und das Licht wurde wieder eingeschaltet. „Aber einen Gast möchte ich kurz auf die Bühne bitten. Ich weiß, dass viele von Ihnen nicht wegen mir, sondern nur wegen ihm gekommen sind." Wieder machte Brunner kunstvoll eine Pause, um die Reaktionen auf seine Koketterie abzuwarten. „Ich bitte den unbestritten erfolgreichsten Künstler unserer Zeit auf die Bühne. Bitte begrüßen Sie mit mir den unvergleichlichen Gustav Lindt!"

Der seltsame Mann in dem offenen Hemd hatte sich schon am Bühnenrand aufgestellt und ließ sich nicht zweimal bitten. Zusammen mit Brunners Ehefrau betrat er die Bühne und gab Ihr galant einen Handkuss, was sie sichtlich genoss. Brunner wartete den Applaus ab. Dann gab er ein Zeichen und am linken Bühnenrand wurde ein Bild enthüllt, das eine eigenartig unproportional gewachsene Sonnenblume zeigte. „Und er hat uns etwas mitgebracht – ein neues Meisterwerk, das heute Abend noch vom Höchstbietenden mitgenommen werden kann. Und das ist nur der Anfang. Seien Sie gespannt!“ Nach und nach wurden weitere Gemälde an der Wand der Bühne enthüllt, der Beifall steigerte sich. Brunner befahl dem Quartett zu spielen, und von den Seiten machten sich die Kellner auf, um auf silbernen Tabletten kleine Speisen zu verteilen. Die Stimmung wurde schnell ausgelassen.

Ich beschloss, meine komfortable Beobachterposition aufzugeben und das Mädchen mit den kurzen Haaren zu finden. Ich musste nicht lange suchen. Sie war wieder in den Armen dieses Künstlers, musste sich aber die Gunst mit Brunners Ehefrau teilen, die ihm nicht von der Seite wich. Es dauerte ein wenig, bis ich mich bis zu dem Trio durchgekämpft hatte.

„Kennen wir uns nicht? Sie sind doch Anna aus Tysmenitz.“

Anna zuckte zusammen und schaute mich eine Weile ungläubig an.

„Woher kennen Sie mich?“

„Ich habe Sie kurz verhört. Mein Name ist Adler, ich bin aus Lemberg.“

„Was wollen Sie hier?“

„Wie kommen Sie hier her? Vor ein paar Wochen wollten sie mir noch in Tysmenitz die Haare schneiden.“

Anna überlegte kurz. „Es gibt Männer, die mich schätzen, und Männer, die mich unterschätzen. Ich bevorzuge erstere.“ Sie drehte sich demonstrativ weg, aber ohne Erfolg. Ihr Begleiter, der berühmte Herr Lindt, drehte sie unsanft zurück, denn Brunner hatte sich lautstark zu unserer Gruppe durchgekämpft. „Welch ein Abend, mein großer Meister!“ Die beiden umarmten sich theatralisch.

Anna nutzte ihre Chance. „Lassen Sie mich in Ruhe“, fauchte sie mich an, was wiederum Brunners Frau neugierig machte.

„Und Sie sind...?“ Sie reichte mir die Hand.

„Mein Name ist Jacob Adler. Ich bin Polizist aus Lemberg.“

Das hatte auch Brunner gehört und drehte sich um. „Sie sind Polizist?“

13. Kapitel

Auf die Idee, eine Auktion zu organisieren, verfiel Ferdinand kurz nach dem Fehlschlag mit seinem schnell der Vergessenheit anheimgefallenen Philanthropenball. Genauer gesagt: „Emmi“, wie er sie ein wenig abschätzig nannte und die wir alle als die geschätzte Emilie Brunner, geborene Herzmansky kennen, brachte ihn auf den Gedanken. Ferdinand selbst hielt nicht viel von Kunst, er verstand nicht, weshalb diese Künstler so gefeiert wurden und nicht die wahren Bauherren Wiens, die wie er doch etwas Bleibendes, viel länger Haltbares schufen.

Nun stand er oben auf der Balustrade, den Schnitt am Kinn noch spürend, und schritt mit seiner Frau die weitläufige Freitreppe hinunter. Emilie hasste die Treppe, sie war Brunners Idee. Sie litt unter Schwindsucht, das wusste er, aber er überhörte all ihre Bitten. Unten aus dem Salon wehten die Klänge eines Quartetts herauf, das Emilie eigens engagiert hatte, und der aufmerksame Beobachter konnte förmlich die Worte der beiden von ihren Gesichtern lesen.
„Ist das wieder dieser Brahms?“
„Nein, mein Schatz, das ist Zemlinsky. Aber den kennst Du sicher nicht.“

Emilie begegnete allen modernen Entwicklungen des Kulturlebens gegenüber mit einer wahrlich rührenden, fast kindlichen Hingabe. Und natürlich war unser Wien – nicht nur damals! – der ideale Ort auf der Welt, diese Entwicklungen von den tastenden Anfängen bis zu den in aller Welt bewunderten *prouesses artistiques*, die sie hier wie ein atemberaubendes chinesisches Feuerwerk entfachten, zu verfolgen – ganz gleich ob in den Wissenschaften, den Künsten oder der Musik. Wie Ihr Großvater, der unvergessene Begründer der Herzmansky-Dynastie, fühlte sie im Innersten die Pflicht, mit ihrem, aus der bloß äußerlichen

Expansion Wiens erwachsenen Reichtum einen Teil zu dem wahren, inneren Wachstum Wiens beizutragen.

Das Zerwürfnis der beiden Eheleute konnte niemandem, der der Familie so nah stand wie ich, entgangen sein. Welch ein Kontrast zu der Hochzeit, als die so junge wie eigensinnige Emilie und ihr unbekannter Gatte tagelang das Stadtgespräch waren! Wer war er? Woher kam er? Wie schaffte sie es, ihre Wahl gegen den Widerstand der Familie durchzusetzen? Das Getuschel auf den hinteren Bänken hatte zumindest den Vorteil, dass der Hüne aus der Provinz eine Bühne bekam. Aufgewachsen zwischen hohen Bergen lernte er schnell, wie man in Wien hohe Türme baut. Was aber hatte sich ihr Herz von der – höchst delikaten, wie ich aus sicherer Quelle erfahren habe – Bekanntschaft aus der Sommerfrische erwartet? Heute muss man wohl sagen: Sie war seiner unübersehbaren Männlichkeit geschuldet. *Le cœur a ses raisons que la raison ne connaît pas*, wie die Franzosen so trefflich sagen. Und wir haben alle gesehen, wohin die ach so ahnungslose Vernunft sie dann geführt hat. Aber vielleicht brauchte sie damals noch jemanden, der anders als sie unerschrocken seinen Weg ging und all seine Gegenüber unmittelbar mit einer leider seltenen Eigenschaft bestechen konnte: seiner perfekten Selbstkontrolle. Die hat sie gewisslich von ihm abgeschaut und sich nach und nach zu eigen gemacht.

Aber diese Kontrolle sollte ihm an diesen Abend ein zweites Mal entgleiten, wie wir sehen werden.

Die Gästeliste brauchte den Vergleich mit dem Philanthropen-Ball nicht zu scheuen, und alle Gäste waren bereits in freudiger Erwartung. Hofrat Winkler aus dem Innenministerium soll da gewesen sein, auch die gefeierte Kammersängerin Sophia Gruber mit ihrem Gatten, die in dieser Saison in der Rolle als Berta Fliederbusch in Ziehrers „Landstreicher“ im Sommergarten des Praters so sehr zu gefallen wusste, ließ sich sehen, und natürlich die heimliche Attraktion des Abends – Gustav Lindt, der gerade seine Professur an der Akademie der Künste angetreten hatte. Ihn hasste Ferdinand am meisten – sein Dauerlachen, sein rätselhafter Erfolg bei unseren Frauen, das Kokettieren mit dem, wie Ferdinand ihn nannte, „albernen“ Malerkittel, den er provozierend auch dort trug, wo Abendgarderobe gefordert war. Emilie sah das anders,. „Der Gustl ist halt exzentrisch“, wie sie zu sagen pflegte.

Zu allem Überfluss sollten nach Emilies Willen auch noch eins von Gustavs „schrecklichen“ Gemälde versteigert werden. Brunner kam der Verdacht auf, dass Emilie nicht nur an Lindts Gemälden interessiert war. Eine Überzeugung, die von dem lebensgroßen Portrait von ihr, das sie im Schlafzimmer aufgehängt hatte, genährt wurde. Gustav hatte es vor gut einem Jahr in seinem typisch grellbunten Stil gemalt, seitdem musste Brunner Abend für Abend den Anblick ertragen. Es sei scheußlich, eigentlich gar kein Gemälde, eher ein zusammengeschustertes Flickwerk, beklagte er sich mir gegenüber, und teuer war es wohl auch. Aber der eigentliche Grund seines *degouts* lag tiefer. Es zeigte Emilie in einem Kleid, das Gustav eigens für sie entworfen hatte. Wallend, ohne Korsett. Ein Kleid, das ihrer Persönlichkeit entspräche, sagte Emilie – ohne einengende Elemente. War das eine Spitze gegen seine fürsorgliche Art? Etwas, was sie am Anfang ihrer Beziehung noch so sehr schätzte! Der Gedanke, dass Gustav Hand an das Kleid und seine Frau angelegt haben könnte, machte ihn rasend. Nicht aus Eifersucht. Die Vorstellung gehörnt worden zu sein, kränkte seine Eitelkeit.

„Aber eins musste man diesem Gustav lassen“, gestand Ferdinand mir gegenüber einmal ein, „der Kerl hatte immer hübsche junge Frauen um sich“. Auch an diesem Abend wieder. An das Mädchen an Gustavs Seite erinnerte sich Ferdinand noch lange. Ihre kurzen Haare und ihr rätselhaftes Lächeln faszinierten ihn. Sie wirkte wie aus einer anderen Welt. Er beschloss, ihr etwas näher zu kommen, auch wenn er sich dazu in die Nähe Gustavs begeben musste. Immer wieder blickte er dabei in die Runde, nickte zum Gruß hierhin und dorthin und bemerkte dann einen ihm unbekannten jungen Mann, vielleicht Ende zwanzig Jahre alt, schlank aber doch athletisch, mit schwarzen Haaren, der mit seiner Frau sprach.

Und was nun passierte, ist charakteristisch für Brunner, auch wenn ihn die Welt damals anders kannte: die Wut stieg in ihm hoch, und er verlor binnen Sekunden die Kontrolle.

---

14. Kapitel

„Was machen Sie hier?“, fragte Brunner. „Wenn ich Sie kurz sprechen könnte...“ Ich wies Brunner an den Rand des Saals, um unter der versammelten Gesellschaft weniger Aufmerksamkeit zu erregen. Aber Brunners Gesichtszüge bekamen etwas kalt-maskenhaftes. „Sprechen Sie nur. Wir haben hier keine Geheimnisse. Sie sind also ein Polizist aus Lemberg.“

„Ja, ich bin aus Lemberg. Ich bin einem Kutscher gefolgt, der von einem Haus mit einer auffälligen Blumenfassade im Alsergrund zu Ihrer Villa fuhr. Gehört Ihnen das Haus?“

Brunner hielt kurz inne. Er schien nachzudenken, seine Augen flackerten.

„Ich kenne das Haus nicht. Vielleicht wohnt einer meiner Kutscher dort. Und überhaupt, was erlauben Sie sich? Sie kommen uneingeladen in mein Haus und wollen mich verhören? Sie wollen ein Polizist sein? Und kennen unsere Gesetze nicht? Sie wollen mich, Ferdinand Brunner, in meinem eigenen Haus verhören?“

Brunner Schläfen zuckten, mit jedem Wort wurde er lauter, so dass seine Umgebung erschrocken still wurde.

„Muss ich mich in meinem eigenen Haus verhören lassen? Sind wir schon so weit gekommen? Wie war Ihr Name noch? Adler? Sind Sie Jude? Ich könnte Sie hier an Ort und Stelle erschießen.“

Brunner bemerkte den Schrecken in den Gesichtern seiner Gäste und hielt kurz inne. Er versuchte sich sichtlich zu bändigen. „Aber aufgrund meiner guten Erziehung und um meine verehrten Gäste nicht mit Tschuschen-Blut zu besudeln, sehe ich davon heute ab. Aber wir sind doch alle der Meinung, dass dieser Herr aus Lemberg jetzt unsere Feier verlassen sollte?“ Er wandte sich um. „Nicht wahr?“

Brunners Frau hatte die ganze Zeit über nachdenklich zugehört und schwieg, ohne die Augen von mir zu lassen, sie war die einzige, die von dem Auftritt ihres Mannes nicht überrascht zu sein schien. Anna hatte sich abgewandt. Ich schaute in das Gesicht des Künstlers. Er war schon ziemlich betrunken und stammelte hilflos etwas, was wie Zustimmung klang.

Ich ging wortlos. Ich verschwand in der Menge und wählte wieder den Weg über die Terrasse, schnappte meinen Koffer und fuhr mit einer der wartenden Droschken los.

Ich war wieder bei Null angelangt. Bei diesem Brunner kam ich nicht weiter, viel hatte ich ja nicht gegen ihn in der Hand. Vielleicht könnte ich über Ignaz den Besitzer des Hauses ausfindig machen. Was hatte ich noch? Nur das, was ich im Zimmer der Toten gefunden hatte. Ich beschloss, in die Wache zu fahren und meine Gedanken an meiner kleinen Tafel zu sortieren.

Wien 4. Dezember

Die Dinge überschlagen sich. Ich war gestern mit diesem Lindt in einer anderen Welt. So leben also die Reichen. Ich würde gerne mehr über die Wohltätigkeitsveranstaltung gestern Nacht aufschreiben, aber mir fehlt die Zeit. Nur so viel: Ich habe auch den Polizisten Adler getroffen, der mich damals bei uns zuhause verhört hat und der in Wien bei unserer Ankunft so verzweifelt vor dem Bahnhof eine Kutsche heranzuwinken versuchte. Was dieser Polizist auf der Veranstaltung wollte, weiß ich nicht. Erst dachte ich, er verfolgt mich. So viel Zufall kann doch nicht sein! Er wurde dann von dem Gastgeber rausgeworfen. Er tat mir fast schon wieder leid, wie er da mit seinen widerspenstigen schwarzen Haaren stand. Aber Adam sagt, wir können ihm nicht trauen.

Lindt hat mich am Ende des Abends ohne auf Wiedersehen zu sagen in eine Kutsche gesetzt. Er trinkt sehr viel, so viel, wie bei uns nur die Ärmsten, und wie sie faselte er am Ende nur noch religiöses Zeugs, er sei der Erlöser der Menschheit. Aber davor hat er mich zum Glück mit einem Mann bekannt gemacht, der für einen Kleidersalon Modelle sucht, die neuesten Entwürfe vorführen. Das soll gut bezahlt sein, meinte der Mann. Ich habe von ihm eine kleine Karte mit einer Adresse bekommen. Jetzt warte ich nur noch darauf, dass Adam und Bibi aufwachen. Lange kann es nicht mehr dauern, vor einer halben Stunde setzte die Morgendämmerung ein. Sagte Adam nicht, auch Sarah hätte in einem Kleidersalon gearbeitet?

15. Kapitel

Ich war irgendwann im Morgengrauen im Stuhl vor meiner Tafel eingeschlafen und wurde von einer lauten Stimme geweckt. Ein Offizier stand vor mir, hinter ihm hatten sich zwei hochgewachsene Wachen aufgebaut.
„Sie sollen zum Polizeipräsidenten kommen."

Wir gingen zurück zur zentralen Treppe und stiegen von dort in das Obergeschoss. Hinter zwei schweren Türen und einem Vorzimmer erreichten wir das Büro des Polizeipräsidenten. Ich trat ein, meine Aufpasser blieben draußen und schlossen die Tür.
„Setzen Sie sich. Ich habe eine Beschwerde über Sie vorliegen von einem der angesehensten Bürger Wiens. Können Sie mir dazu etwas sagen?"
„Ich kann das erklären. Ich glaube, ihm gehört das Haus, in der die tote Debütantin zuletzt lebte."
„So, so, Sie glauben also. Ich jedenfalls weiß etwas." Neubauer setze eine Lesebrille auf. „Wer in die Wohnung eines anderen widerrechtlich eindringt, oder wer, wenn er ohne Befugnis darin verweilt, auf die Aufforderung des Berechtigten sich nicht entfernt, wird mit Freiheitsstrafe bis zu einem Jahr bestraft." Er sah mich an. „Wissen Sie, von was ich rede?" „Ich bin nicht widerrechtlich eingedrungen, es war eine öffentliche Wohltätigkeitsveranstaltung. Und ich habe mich nach Aufforderung sofort entfernt."
Neubauer rollte mit den Augen. „Sehen Sie, Herr Adler. Ich schätze Sie sehr. Aber wir müssen hier in Wien Rücksicht nehmen. Der Fall des toten Mädchens ist schlimm, aber irgendwann wird sich die Pres-

se beruhigen, und die Menschen werden den Fall vergessen. Wir aber bleiben. Und wir sind von der Gunst der Mächtigen abhängig. Wissen Sie, wer dort gestern alles zugegen war? Das waren diese Mächtigen. Zum Glück hat kaum jemand Ihren skandalösen Auftritt bemerkt, und zum Glück habe ich einen guten Draht zu dem Gastgeber. Er vergisst den Zwischenfall, wenn Sie wieder abreisen. Das habe ich ihm versprochen. Sie haben heute noch Zeit, alles zu packen. Schauen Sie sich unser schönes Wien an. Und morgen früh fahren Sie mit dem Zug zurück nach Lemberg. Haben Sie mich verstanden?"
„Ich habe die Zusage von Ignaz, dass ich mit ihm den Fall ermittle, bis er aufgeklärt ist."
„Mich interessiert es nicht, was dieser korrupte Trunkenbold Ihnen versprochen hat. Sie fahren morgen zurück nach Lemberg, ansonsten ist Ihre Karriere beendet und Sie können den Rest ihres Lebens als Hausierer durch Galizien ziehen, weil ich dafür sorgen werde, dass Sie in Lemberg keinen anderen Beruf mehr bekommen. Haben Sie mich verstanden?"
„Morgen geht kein Zug nach Lemberg."
„Gut, Sie Schlaumeier. Dann fahren Sie eben übermorgen. Machen Sie sich ein paar schöne Tage. Und sagen Sie nie wieder Debütantin."

Meine Aufpasser waren verschwunden und ich ging allein die Treppen wieder herunter, als mir Ignaz entgegenkam. Es war seine Zeit. Ich schnappte ihn mir und schlug vor, etwas essen zu gehen.
„Ich lade Dich ein!" Da konnte er nicht widerstehen.

Wir hatten wieder die Gulaschsuppe bestellt, Ignaz noch ein Viertel Weißwein.
„Ich bin gestern weitergekommen. Ich weiß, wo unsere Tote zuletzt wohnte."
Ignaz wurde neugierig. Ich schmückte meine Erlebnisse so gut es ging aus und versuchte ihn bei Laune zu halten.
„Ich brauche von Dir eine Auskunft aus dem Grundbuch, wem dieses Haus gehört. Und..." Ich hielt kurz inne und öffnete meinen Tatortkoffer. „Wir müssen heute noch hier hin." Ich zog einen Zettel hervor. „Den habe ich in dem Zimmer der Toten gefunden."

Ignaz studierte neugierig die Rechnung. „Ja, Seidenfärber. Die erste Wahl in Wien. Ausgezeichneter Ruf, wirklich ausgezeichnet. Aber 150 Gulden... Wer kann sich das leisten?"
„Das müssen wir herausfinden."

Das Bekleidungsgeschäft Seidenfärber befand sich in Laufweite. Ignaz war in seinem Element. „Ermittlungen führen. Aus kleinen Indizien den großen Zusammenhang lesen. Das ist meine Stärke!"
Das Geschäft war gut besucht. Wir beschlossen, ein wenig zu warten, um den Eigentümer nicht in Verlegenheit zu bringen, und betrachteten die Auslage. Plötzlich ging die Tür auf und Anna lief uns in die Arme, einen großen Einkauf in der Hand. Ich reagierte erstaunlich schnell. „Na so etwas! Sie machen ja richtig Karriere in Wien!"
Anna war unser Zusammenstoß unangenehm, sie versuchte erfolglos an uns vorbeizukommen.
„Keine Angst, ich lasse Sie gehen. Verraten Sie mir nur, wie Sie das so schnell geschafft haben."
„Ich habe eben Glück gehabt." Anna sah mir selbstbewusst in die Augen, schob mich beiseite und lief auf eine Droschke zu, die offenbar auf sie wartete.
„Woher kennen Sie die Frau?" Ignaz war verwirrt. Ich winkte ab, und wir betraten den Laden, der unübersehbar auf Braut- und Ballmode spezialisiert war. Wir hatten Mühe, in dem Labyrinth aus weißem Stoff und weißen Spitzen den Besitzer zu finden, der mit mürrischem Gesichtsausdruck eine Ladung Stoffballen verstaute.
Ich zeigte ihm die Rechnung. „Können Sie uns sagen, wer dieses Kleid gekauft hat?"
„Wer will das denn wissen?"
Würdevoll zeigte Ignaz seine Kokarde vor, die schnell Eindruck machte.
„Schauen Sie, wir sind heuer mitten in der Ballsaison. Und mit Verlaub – ganz Wien kauft bei mir ein. Ich kann mir unmöglich jeden Kunden merken."
„Aber ein Kleid für 150 Gulden verkaufen Sie sicherlich nicht jeden Tag", erwiderte ich.

Der Besitzer schaute mich verächtlich an. „Öfter als Sie vielleicht denken.“

Auf unserem Rückweg war Ignaz' gute Laune verschwunden. „Ihre Ermittlungen führen zu nichts. Das habe ich doch schon immer gesagt. Solide Polizeiarbeit passt nicht in so einen Koffer.“
Er zeigte auf meinen Tatortkoffer. So ging das in einem fort. Ich versuchte ihn abzulenken und überredete ihn, das Grundbuch für das Blumenhaus einzusehen.
„Sie sind sich sicher, dass die Tote dort zuletzt gewohnt hat?“
„Vollkommen sicher, der Portier hat mir das bestätigt.“
„Gut, dann werde ich sehen, was ich machen kann. Sie müssen wissen, ich habe meine Beziehungen.“
„Deshalb frage ich ja Sie und nicht Ihre Kollegen.“
Ignaz war zufrieden mit der Antwort, und wir verabredeten uns für den nächsten Tag. Das war meine einzige verbliebene Spur.

Ich beschloss dem Rat des Polizeipräsidenten zu folgen und mir Wien anzuschauen. Im Präsidium hätte ich nichts tun können und ich hatte keine Lust auf die hämischen Blicke der Kollegen. Die Sonne war gerade hinter den Dächern verschwunden, aber es würde sicherlich noch zwei Stunden hell sein. Ich schlenderte quer durch die Altstadt zu dem Gelände der Weltausstellung von 1873 auf dem Wiener Prater mit der berühmten Rotunde, die ich aber in einem traurigen Zustand vorfand. Das riesige Eingangsportal war mit Balken verrammelt, der Säulengang links und rechts eingestürzt. Schilder warnten davor, ihn zu betreten. Das Stahldach rostete und in den Rippen verfing sich der vorbeifliegende Müll.
Ich ging daher weiter quer durch den Park an sein anderes Ende, wo sich der „Volksprater“ befindet, ein Vergnügungspark, den es so wohl auf der Welt kein zweites Mal gibt. Man kann ihn nicht verfehlen, er wird von einem riesigen Rad aus genieteten Stahlteilen überragt, in dem man mit Gondeln in bestimmt 50 Meter Höhe transportiert wird. Die Tausenden Tonnen Stahl werden von der Kraft einer Dampfmaschine bewegt, die geschickt in einer unscheinbaren Baracke direkt nebendran versteckt wurde und über eine Welle mit dem Riesenrad

verbunden ist. Gerne hätte ich mir den Antrieb angeschaut, alleine die Kolben müssen ungeheuer sein. Aber das Rad war nicht in Betrieb und weit und breit kein Personal zu sehen.

Neben dem Riesenrad ist eine kleine Märchenwelt erstanden. Überall verstreut bunte Pavillons, mal wähnte man sich in Amerika, mal in einer italienischen Lagunenstadt, mal vor einer russischen Kirche. Einen Zirkus habe ich auch gesehen. An Wochenenden muss hier viel Trubel herrschen, aber jetzt, in der Woche in der Abenddämmerung war ich allein in dieser seltsamen Welt.
Ich war so in Gedanken vertieft, dass ich nicht bemerkte, wie zwei Männer sich mir von hinten näherten. Der erste Schlag traf mich im Genick, von seiner Wucht ging ich sofort zu Boden. Als ich wieder zu mir kam, sah ich zwei athletische Männer in dunklen Anzügen, ihre Homburger tief ins Gesicht gezogen. Der kleinere von beiden trat mich und sprach mich an.
„Adler?"
Ich nickte und ging unauffällig in Sprungposition. Er wird der Boss sein, der andere hatte den Schlagstock.
„Höre mir gut zu, Adler. Du verlässt Wien sofort, sonst bist Du morgen tot. Hast Du das verstanden?"
Er beugte sich zu mir nach vorne, das war sein Fehler. Ich sprang auf und verpasste ihm einen *crochet*. Sein Kinn knackte laut, und er fiel geräuschlos nach hinten über. Der andere Angreifer war schneller, als ich dachte. Ich musste erst mit einem Rückschritt seinem Schlagstock ausweichen, bevor ich ihn mit der Fußaußenkante ins Brustbein traf. Er schnappte nach Luft und war ohne Deckung. Ich entschied mich für eine Gerade mit meiner stärkeren Rechten, traf frontal seine Nase und sah gerade noch, wie er im Fallen das Bewusstsein verlor. In diesem Moment wurde ich von einem Blitz geblendet, Schwefelgeruch stieg mir in die Nase. Nur schemenhaft erkannte ich aus der Richtung des Blitzes einen schmächtigen Mann, der einen seltsamen kleinen viereckigen Apparat um den Hals trug und mir applaudierte. „Herzlichen Glückwunsch! Sie haben sich mit den mächtigsten Männern Wiens angelegt. Passen Sie auf sich auf – die gehen nicht nur über Mädchenleichen."

Dann verschwand er in der Dunkelheit.

Der Anführer der beiden begann zu stöhnen, richtete sich auf und betrachtete ungläubig das Blut, das von seinen Lippen auf sein Hemd tropfte. Wahrscheinlich hatte er in der Hitze des Gefechts einen Vorderzahn verloren. Ich trat einen Schritt näher. „Hören Sie mir jetzt gut zu: Sagen Sie Ihrem Auftraggeber, dass ich gar nicht daran denke, Wien zu verlassen." Ich wandte mich ab und ging in die Richtung, in der ich einige Lichter sehen konnte. Nach einigen Minuten kreuzte ich eine große Straße und hielt eine Droschke an.

Im Hotel betrachtete ich meine Verletzungen. Der Schlag hatte am Hinterkopf eine schmerzende Beule, an der Schulter einen blauen Fleck hinterlassen. Nichts Ernstes, aber mein Kopf brummte noch immer. Ich versuchte, meine Gedanken zu ordnen. Wo hatte ich den Mann mit der Brille schon einmal gesehen? Ich kam nicht dazu, lange nachzudenken, denn plötzlich klopfte es. Der Hotelpage stand in der Tür und übergab mir einen Umschlag. Darin fand ich eine Einladung zu einer Soiree in der Wiener Secession am 6. Dezember, 18 Uhr. Das war morgen Abend. Ich drehte den Umschlag und suchte den Absender. Auf der Rückseite stand in geschwungenen Lettern gedruckt:

„Der Polizeipräsident von Wien"

Wien 5. Dezember

Adam hat mich heute ohne zu fragen zu der Adresse auf der kleinen Karte gebracht. Wir fuhren durch enge Gassen und hielten vor einem eher unscheinbaren Haus. Dort ging alles sehr schnell. Eine Frau, ich soll sie Madame nennen, begutachtete mich von allen Seiten und war sehr angetan von meinem Aussehen, besonders von meinen kurzen Haaren. „Pariser Chic! Das wird sich herumsprechen!" Sie fragte nach meinem Alter und begann mit Adam zu verhandeln. Sie wurden sich einig. Ich würde 10 Gulden pro Tag verdienen und könnte kostenlos ein eigenes Zimmer bekommen, ich solle sofort einziehen. Was ich dafür tun sollte, sagte sie nicht. Sie selbst sah nicht aus, als ob sie Ahnung von Mode hätte. Der Raum, in dem wir uns befanden, sah mehr nach einer Bar für reiche Gäste aus. An einer Seite befand sich ein langer Tresen, davor waren sehr teurere Sessel verteilt, die um kleine tiefe Tische gruppiert waren. Es gab keine Fenster, Decken und Wände waren mit schwerem Stoff verhängt.

Adam nahm mich noch einmal zur Seite und versuchte mir meinen Plan auszureden. Meine neue Arbeitgeberin habe keinen guten Ruf. Er habe ihr eine Fälschung meines Ausweises gegeben. Sie glaubt, dass sie mich damit in der Hand habe. Ich ging nicht darauf ein. Wir einigten uns, dass er mir nachmittags den Koffer in mein neues Zuhause bringt. Es soll ein sehr schönes Haus sein, mit einem kleinen Park davor.
Kaum war Adam weg, hatte Madame eine Kutsche organisiert. Ich musste alleine zu einem Bekleidungsgeschäft in der Stadt fahren, wo ich eingekleidet werden sollte, es sei alles organisiert. So war es auch. Zu meiner Verwunderung wurde mir ein weißes Ballkleid angepasst, in dem ich mir aber sehr gut gefiel. Ich möchte nicht wissen, was es kostet. Beim Verlassen des Geschäfts stellte sich mir wieder dieser Polizist Adler aus Lemberg in den Weg. Er wird mir langsam unheimlich. Er scheint mich zu verfolgen. Was will er von mir?
Hoffentlich durchkreuzt er nicht meine Pläne.

Jetzt sitze ich hier in meinem neuen Zimmer, freue mich über die Sonne, die durchs Fenster scheint, und warte, dass Adam mir meinen Koffer bringt. Neben mir hängt das Ballkleid. Ich soll es Madame morgen vorführen. Es wird schon alles gut gehen. Unser Beschützer schläft und schlummert nicht.

16. Kapitel

Die Wache vor dem Polizeipräsidium ließ mich passieren, erwiderte nicht einmal meinen Gruß und vermied jeden Augenkontakt. Ich war einer der Ersten an diesem Morgen, es begann gerade zu dämmern. Meine Schritte hallten laut in den verwaisten meterhohen Gängen, aber ich wurde auf dem Weg zu meiner Kammer von den wenigen anwesenden Polizisten nicht weiter beachtet. Zu meinem Erstaunen fand ich die Tür offen, das Licht eingeschaltet und entdeckte Ignaz, der unruhig vor meiner Tafel auf und ab ging. Kaum hatte er mich bemerkt, schimpfte er los. „Sie haben mir nicht gesagt, dass Sie gestern beim Polizeipräsidenten waren. Was wollte der von Ihnen?“ Ignaz schaute mich dabei nicht an und tätschelte sinnlos die verschiedenfarbig beschrifteten Karteikarten, die ich an der Tafel angebracht hatte. Ich legte meinen Koffer ab, dann meinen Mantel. Ich überlegte. War Ignaz wirklich ahnungslos?

Ignaz antwortete schließlich sich selbst. „Ja, ich weiß es! Sie brauchen es mir nicht zu sagen! Ich habe es gestern selbst erfahren. Ich bin von dem Fall entbunden worden. Mit sofortiger Wirkung. Wie konnten Sie mir das verschweigen?“
„Sie waren gestern nicht das Thema. Hätte ich sonst mit Ihnen weiter ermittelt? Es lag eine Beschwerde gegen mich vor.“
„Eine Beschwerde gegen Sie? Von wem?“
„Von einem Wiener Unternehmer. Er baut hier in Wien wohl sehr viel.“
„Brunner? Woher wussten Sie...?“
„Sie kennen ihn? Wie kommen Sie auf Brunner? Es gibt doch viele Bauunternehmer in Wien.“ Ignaz biss sich auf die Lippen, fing sich aber schnell. Er wirkte erstaunlich wenig erstaunt. „Der Brunner also. Weshalb die Beschwerde?“
„Ich bin unangemeldet in seiner Villa aufgetaucht.“
„Sie waren in Brunners Villa?“ Nun wirkte Ignaz wirklich fassungslos, er schaute mich mit großen Augen an und hielt sich ungläubig an meiner Tafel fest. „Sie waren in Brunners Villa? Einfach so?“
„Es war eine Wohltätigkeitsveranstaltung, die Türen standen offen.“
Ignaz starrte ins Leere, er schien nachzudenken. Ich ergriff die Chance. „Haben Sie das Grundbuch einsehen können?“
Ignaz drehte sich mir langsam zu. Er hatte plötzlich ein Grinsen im Gesicht. „Ich bin, wie Sie wissen, des Falles entbunden worden.“ Er verließ den Raum, ohne sich zu verabschieden.

Emilie! Wie oft war von ihr die Rede in dieser Zeitschrift! Ganz Wien verfolgte auf diesen Seiten atemlos die Verwandlung des jungen Wildfanges in die allseits geachtete Mäzenin der Wiener Künste. Und wie gerne würde ich nun ihren Namen an dieser Stelle vermeiden, um ihn nicht mit dieser Jauche aus Verderbtheit und Niedertracht zu besudeln, gegen den – wie ein bekannter Zeitgenosse es so schön ausdrückte – mit dem Florett nicht beizukommen ist, ohne das Publikum in Mitleidenschaft zu ziehen, die ich als gewissenhafter Zeitzeuge aber leider verpflichtet bin vor Ihrer aller Augen noch einmal zu sezieren.

Sie alle können sicher erahnen, wie gerne ich ihren Namen aus dieser heiklen Affäre heraushalten möchte! Auch um das Andenken ihres Vaters zu ehren – das Andenken an diesen Freigeist von wohl tariertem Intellekt, der von Kaiser Franz-Joseph persönlich in seinen Beraterstab berufen wurde und der unserer Zeitung einige seiner brillantesten Artikel schenkte (langjährige Leser werden sich noch an seinen bewundernswerten Essay „Franz Joseph, der Gerechte“ erinnern). Denn nicht wenige von uns vermuten zu Recht, dass er aus Gram so früh und überraschend aus dem Leben gerissen wurde – aus Gram darüber, dass er seine geliebte Tochter nicht wie von ihm erhofft in den Adel verheiraten konnte, wozu ihn seine Stellung eigentlich verpflichtet hätte.

Aber hatte er nicht selbst, müssen wir uns rückblickend kritisch fragen, das Fundament dieser Entwicklung gelegt? Nur wenige werden wissen, wie er Emilies Mutter – zu Beginn seiner Karriere, auf einem Posten im fernen Czernowitz – kennengelernt hatte. Sie war Tänzerin in dem gerade erst gegründeten Tanzinstitut des Anton Fieles. Emilies Vater machte ihre Bekanntschaft beim Erlernen der *Quadrille Francaise* und erlag schnell ihrer Anmut. Sie mochte seine ruhige, tiefe warme Stimme und fühlte sich von seinem Intellekt und den geschliffenen Wiener Umgangsformen angezogen. Wie heißt es so treffend: Die Weisheit gibt der Anmut Stärke, die Anmut gibt der Weisheit Glanz. Es blieb nicht bei den gemeinsamen Tanzabenden, bald trafen sie sich ein ums andere Mal auch außerhalb, heimlich. Noch heute könnte eine solche frivole

Liaison Ausgangspunkt für einen veritablen Skandal sein, damals war es geradezu übermütig. Und in der Tat, Gerüchte machten bereits die Runde. Aber Emilies Vater ging das Risiko ein und setzte schließlich auch diese – nicht ganz standesgemäße – Ehe in seiner Familie durch. Die junge Emilie erzählte mir das wiederholt mit großem Stolz. War hier der Pfad in das Verhängnis vorgezeichnet?

Bald führte der Karriereweg den begabten Beamten an den Wiener Hof, und Emilies Mutter träumte von einem Engagement am Wiener Ballett. Doch trotz der guten Beziehungen ihres Mannes, die Erfüllung dieses Traums blieb ihr verwehrt. Bisweilen tanzte sie noch ein wenig melancholisch durch die weiten Flure ihres Palais am Wiener Ring, ansonsten richtete sie ab da ihre ganze Energie und Fürsorge auf Emilie, ihr einziges Kind.

Wien 6. Dezember

Adam kam und kam nicht. Mir wurde es zu eng in meinem Zimmer, und ich beschloss in den kleinen Park gegenüber zu gehen, den ich vom Fenster aus sehen konnte. Das Haus hatte einen neuen Hausmeister bekommen, der in wie ein Soldat mit verschränkten Armen in der Tür stand und mich erst nicht passieren lassen wollte. Ich musste ihm meinen Namen nennen, den er in einem Buch in seiner Kammer überprüfte. Offensichtlich hatte mein neuer Wärter Anweisung, mich passieren zu lassen, was ihm offensichtlich nicht gefiel. Als ich die Treppen hinunterstieg, spuckte er deutlich hörbar aus. Der Park bestand hauptsächlich aus stattlichen Platanen mit ihrer hübschen silbernen Rinde, ihr rot-braunes Laub bedeckte Wege und Grasflächen. Zur Straßenseite hin fand ich aber einen Baum, den ich noch nie gesehen hatte. Er wuchs kerzengerade, seine Äste wuchsen pyramidenförmig in die Höhe. Seine Wurzeln waren verholzt und schienen oberirdisch zu wachsen. Seine Blätter sahen aus wie Fächer. Wie mag sein Name sein? In seiner Nähe stand eine Bank, von der aus ich den Eingang des Hauses einsehen konnte. So würde ich Adam nicht verpassen. Die ersten Sonnenstrahlen verirrten sich durch die Äste, es war angenehm mild.

Adam kam am frühen Nachmittag. Ich sah ihn von Weitem mit einer Kutsche kommen und passte ihn an der Tür ab, als er meinen Koffer ablud und den Kutscher bezahlte. Ich merkte sofort, dass etwas mit ihm nicht stimmte. Der neue Hausmeister saß nun in seinem Kämmerchen neben dem Eingangsflur und betrachtete uns misstrauisch mit großen Augen. Schweigend stiegen wir die Treppe hoch. Ich packte meinen Koffer aus und beobachtete Adam aus den Augenwinkeln, wie er unruhig auf und ab ging. Endlich sagte er etwas.

Er hatte sich am Morgen, wie jede Woche wohl, mit einem Polizisten, ich glaube, er nannte ihn Ignaz, getroffen, der in Wien wohl sein „Patron“ war, Adam zahlte ihm Geld und wurde von der Polizei in Ruhe gelassen. Aber nun war plötzlich alles anders. Dieser Ignaz verlangte mehr Geld, mehr als Adam zahlen konnte. Adam konnte sich keinen Reim darauf machen. Er vermutete, dass etwas passiert sein musste, dass diesen Ignaz dazu brachte, seinen Kurs zu ändern.
Aber dann wechselte Adam überraschend das Thema, auch wenn es ihm sichtlich schwerfiel: Er könne mir nicht mehr helfen. Das Geld von Madame decke zwar nur die Hälfte der Mitgift, die er an meine Eltern gezahlt habe, aber das würde ihm reichen. Er hätte noch ein Engagement für mich – am Abend wolle mich Lindt wieder als Begleiterin. Das sei mit Madame abgesprochen. Das Geld würde er behalten, dann wären wir quitt. Er habe ihr meinen Ausweis aushändigen müssen. Wir mussten lachen. Natürlich hat sie eine von Adam angefertigte Fälschung. Meinen Ausweis habe ich in den Bezug meines Koffers genäht.

Ich dachte über Adams Worte nach und tat so, als ob mich der Inhalt meines Koffers mehr interessiere. Schließlich fragte ich ihn, was er denn für sich plane.
„Bibi und ich werden Wien verlassen. Wir gehen nach Buenos Aires.“

Im Gehen sagte er, dass er so lange jeden Morgen noch einmal nach mir schauen wolle. Buenos Aires? Wo ist das? Ich hätte ihn fragen müssen.

Ich packte meinen Koffer aus und wieder ein, nur um etwas zu tun. Damit hatte ich nicht gerechnet. Immerhin habe ich jetzt all meine Habseligkeiten wieder um mich herum. Die drei schönen Scheren, der kleine Spiegel, selbst das Rasiermesser war noch da, auf das Adam ein Auge geworfen hatte, das weiß ich genau.

17. Kapitel

Von Ignaz hörte ich nichts mehr. Nach seinem Abgang ordnete ich meine Sachen. Wer weiß, wie die Einladung des Polizeipräsidenten gedacht war. Hatte sie aufschiebende Wirkung? Hatte er einen Sinneswandel? Ich hatte jedenfalls meine Koffer gepackt und überlegte meine weiteren Schritte. Egal, wie der Abend ausgehen würde: ich würde in Wien bleiben, notfalls inkognito.
Den Nachmittag verbrachte ich im Hotel. Ich aß das erste Mal in dem angeschlossenen Restaurant, bestellte eine Droschke für den frühen Abend und zog mich auf mein Zimmer zurück, wo ich recht schnell einschlief. Ein Klopfen an der Tür weckte mich und erinnerte mich an die bestellte Droschke.

Die Secession hatten wir schnell erreicht. Sie lag außerhalb der Innenstadt in der Nähe der früheren Stadtmauer und war das seltsamste Gebäude, das ich bis dahin gesehen hatte. Von Weitem erinnerte es mich entfernt an einen Sarkophag. Auf dem Dach lag ein riesiger goldener Ball, der das letzte Licht des Tages wild reflektierte und die Pferde scheu machte. Der Kutscher hielt direkt vor der breiten Treppe. Von hier unten sah die Secession wie ein griechischer Tempel aus. Ich folgte den anderen Gästen und schritt gemächlich die Treppe hinauf. Mir war, als hätte ich alle Anwesenden schon einmal bei der gestrigen Wohltätigkeitsveranstaltung gesehen. Ich zeigte meine Einladung und wurde sofort beiseite genommen. Ein Diener lotste mich quer durch den Ausstellungsraum, der wie das Mittelschiff einer Kirche wirkte, in

dem sich aber Ungläubige dicht an dicht drängten und – auch wenn es noch früh am Abend war – ausgelassen Walzer tanzten, in einen Seitenflügel, der durch eine etwa ein Meter hohe Mauer abgetrennt war. Ich entdeckte schnell den Polizeipräsidenten, der wohl schon auf mich wartete, denn er entschuldigte sich sofort bei seinen Gesprächspartnern und ging mir einige Schritte entgegen.
„Der Herr Inspektor!“ rief er laut. „Wie schön, dass Sie es einrichten konnten.“ Er hakte sich mir unter, zog mich beiseite und flüsterte mir ins Ohr. „Ich kann doch auf Ihre Diskretion hoffen? Das Gespräch bei mir im Büro hat nicht stattgefunden – können wir uns darauf einigen?“
Ich nickte, auch um ihn schnell wieder loszuwerden, so viel Nähe war mir unangenehm. „Ich habe Ihnen über den Stand der Ermittlungen Mitteilung gemacht. An viel mehr erinnere ich mich nicht.“
Neubauer lächelte zufrieden. „Ich möchte Ihnen noch einiges sagen. Aber darf ich Sie erst mit den anderen Gästen vertraut machen? Das erweckt weniger Misstrauen.“
Das war nicht nötig – die meisten kannte ich schon. Brunners Ehefrau war nicht zu übersehen – das Treiben der Gäste schien wie um einen tiefen Strudel um sie zu kreisen. Sie begrüßte, schäkerte, wandte sich ab, lächelte und prostete entfernt stehenden Gästen zu, mit einer Mischung aus Anmut und Professionalität. Nur als sie mich sah erstarrte sie kurz, fing sich aber schnell. „Herzlich Willkommen, Herr...?“
„Verehrte Emilie, das ist Inspektor Adler aus Lemberg, einer der besten Polizisten unseres Kaiserreichs!“, fiel Neubauer ihr schnell dazwischen.
„Oh, der Herr Inspektor. Ich erinnere mich.“ Sie reichte mir die Hand, was ich wahrscheinlich sehr unbeholfen mit einem angedeuteten Handkuss erwiderte, wenn ich denn ihr spöttisches Lächeln richtig gedeutet habe.
Aber in diesem Moment platzte Lindt dazwischen, der seltsame Künstler der Wohltätigkeitsveranstaltung. „Lemberg! Wachtel! Rychter! Große Künstler! Gepriesen seist Du, oh du wunderbares Lemberg!“
Er war schon ein wenig angetrunken und hielt in der rechten Hand einen Champagnerkelch und in seiner Linken das seltsame Mädchen aus dem Stetl. Es war faszinierend zu sehen, wie sie meinen Blicken auswich. Nun sind wir uns schon dreimal begegnet. Neubauer wollte

das Thema wechseln, aber Lindt war nicht zu stoppen. „Was wären wir Künstler ohne Vorbilder, was ohne die Einflüsse aus der Umwelt? Ich kann es Ihnen sagen: nichts. Wir wären nichts!“ Er drehte sich um, und zum ersten Mal nahm ich die Kunstwerke an den Wänden wahr. Wir standen vor einem recht frivolen Bild, das sicherlich fünf Meter breit war und sehr detailliert gearbeitet war. Man sah links und rechts nackte Tänzerinnen um eine Gruppe Bäume mit Frauenköpfen stehen. Ihre schwarzen Locken verdeckten ihre Brüste, gingen in Blumen über, aber ihre Scham war dafür umso deutlicher zu sehen.
Lindt schien nachzudenken. Alle hatten sich dem Bild zugedreht und warteten gespannt auf seine Erläuterungen, aber er bemerkte, dass er all seinen Champagner verschüttet hatte und rief einen der Diener zu sich, der mit einem Tablett weitere Gläser heran jonglierte. Auch ich bekam so einen Champagner, der erste meines Lebens. Lindt nahm einen Schluck, drehte sich wieder zu uns und prostete allen zu. Das arme Mädchen wurde in der Drehung unsanft nach vorne geschoben und stand unschlüssig in der Mitte des Kreises. Lindt betrachtete sie einen Augenblick, drehte sie und musterte sie von oben nach unten. „Wir Künstler sind vom Material abhängig. Es kommt immer auf das Material an. Es kommt auf die Qualität des Materials an! Das ist wie beim Wiener Schnitzel: Taugt das Fleisch nichts, kann auch der beste Koch nichts ausrichten.“ Er gab ihr einen Klaps auf ihr Hinterteil. Es entstand eine kurze Stille, dann lachte Lindt hysterisch los, verschüttete wieder seinen Champagner und verlor sich in lautem Grunzen. Er zog weiter und das Mädchen hinterher, die Gruppe löste sich auf.

„Sie haben sich sicherlich über die Einladung gewundert.“ Neubauer nutzte den kurzen Moment der allgemeinen Zerstreuung. „Ich habe über Sie nachgedacht, Herr Adler. Sicherlich, Ihr Vorgehen ist ein wenig unüblich und auch – das sei noch einmal betont – mir ein wenig ungestüm. Aber die Polizei braucht Ermittler wie Sie. Geradeaus, immer das Ganze im Blick! Glauben Sie mir, von ihrer Sorte gibt es nicht viele. Ich hatte gestern, wie jede Woche, eine Audienz bei dem Herrn Staatssekretär, Heinrich Rauscher, aber den werden Sie nicht kennen. Merken Sie sich seinen Namen. Heinrich Rauscher. Ein wichtiger Mann, fürwahr! Ich habe Sie für eine Leitungsposition in Lemberg vorgeschlagen. Er hatte natürlich Bedenken – Sie seien zu jung, zu unerfahren, sie kennen das ja. Papperlapapp! Ich konnte ihn umstimmen, das war harte Arbeit, glauben Sie mir. Glückwunsch, Adler! Sie haben es geschafft! Kommen Sie morgen in die Direktion und wir besprechen alles Weitere. Und jetzt vergnügen Sie sich ein wenig." Er beugte sich zu mir herüber. „Hier ist viel junges Fleisch dabei, sicherlich fällt auch etwas für Sie ab."

Er verabschiedete sich mit einem Klaps auf meine Schulter. Ich sah mich um. Die Tänzer quollen nun auch in unser Seitenschiff, die Stimmung wurde immer ausgelassener. „Sie scheinen sich ja nicht zu amüsieren. Sie glotzen in die Gegend, als ob Sie gestern geboren wurden." Emilie war von der Seite an mich herangetreten.
„Ich frage mich wirklich, wo ich hier bin", antwortete ich. „Ich dachte, es geht hier um Kunst."
„Und Kunst hat für Sie nichts mit Sinnenfreude zu tun? Hier tanzen die bedeutendsten Künstler unserer Zeit mit denen, die ihre Kunst schätzen – und kaufen."
„Der Zeit ihre Kunst. Der Kunst ihre Freiheit. Das steht am Eingang."
„Ich sehe, Herr Inspektor, Sie sind ein guter Beobachter. Und sie haben offenbar auch ein Faible für die avancierte Kunst. Wo Lindt ist, sind auch sie. Das gefällt mir. Und Sie haben wie er einen Sinn für aufsehenerregende Auftritte."
„Ich sehe, Sie sind eine gute Beobachterin", antwortete ich.
„Ich möchte mich für die hässliche Szene entschuldigen, die mein Mann gestern verursacht hat."
Ich winkte ab, aber Emilie ließ sich nicht abbringen.
„Mein Mann hat manchmal solche Wutanfälle. Er ist überarbeitet. Er plant ganz Wien, müssen Sie wissen. Sie aber müssen auch über eine hervorragende Protektion von oben verfügen. Mein Mann wollte sie umbringen, und nun trinken Sie hier Champagner." Sie prostete mir mit einem aufreizenden Blick zu.
„So schnell gebe ich nicht auf, müssen Sie wissen", antwortete ich. „Viele wollten mich schon umbringen. Wo ist denn Ihr Mann heute?"

Emilie winkte nun ab. „Er hat morgen seinen großen Auftritt. Woher kennen Sie eigentlich den Polizeipräsidenten?"
„Ich habe ihn erst nach meiner Ankunft hier in Wien kennen gelernt."
Emilie dachte nach. „Und Sie ermitteln wegen der ermordeten Debütantin?"
„Sie kam wohl aus meinem Zuständigkeitsbereich."
„Das Haus, von dem Sie gestern sprachen – liegt das auch in Ihrem Zuständigkeitsbereich?"
„Mit Verlaub, ist das hier ein Verhör?"
Emilie lächelte kurz, antwortete aber nicht.
„Ich habe auch eine Frage. Wer ist das Mädchen an Lindts Seite?"
Emilie schaute in Richtung des Paares. Die Frage gefiel ihr nicht. „Ich weiß es nicht. Er bringt abends immer wieder seine Modelle mit. Immer wieder andere. Diese heißt Anna, glaube ich. Mehr weiß ich wirklich nicht." Sie prostete mir zu und zog weiter.
Ich begab mich aus dem Trubel an das kleine Mäuerchen, das unser Seitenschiff vom Hauptraum trennte und von wo ich einen guten Überblick hatte.

Ich kann nun gut verstehen, weshalb Champagner so teuer ist. Champagner hat eine schöne Bernsteinfarbe und war weit nicht so sauer wie viele unserer Weißweine. In der Mitte des Kelches stiegen feine Luftbläschen wie an einem Faden gezogen auf, die die Zunge angenehm kitzelten. Wie sie die wohl in den Wein bekommen haben? Sicher mit Hefe, aber man sah und schmeckte sie nicht. Ich weiß nicht viel von dieser Welt. Und der Alkohol ließ mich leider viele Eindrücke des Abends vergessen. Was war das für ein seltsames Angebot von Neubauer? Was ist eigentlich Emilies Rolle in dieser Gesellschaft? Wo war ihr Mann an diesem Abend?

Nach einer Weile sah ich, wie Lindt und Anna die Secession verließen. Ich beschloss, Ihnen zu folgen. Die beiden bestiegen eine Kutsche. Lindt brauchte dafür zwei Anläufe, aber dann fuhren sie los, ich nahm die nächste und folgte ihnen. Die Kutsche bog nach etwa 15 Minuten in eine Einfahrt. Ich stoppte meinen Droschkenkutscher davor, bezahlte und stieg ab. Die dunkle Einfahrt führte zu einem beleuchteten Haus mit Garten, das von außen nicht zu sehen war. Die beiden waren wohl schon hinein gegangen, aber ihr Kutscher wartete. Ich wartete ebenfalls einige Zeit, vielleicht fünf Minuten, um mich an die Dunkelheit zu gewöhnen, und schritt dann durch die verwaiste Einfahrt. Ich konnte mich gerade noch hinter einer Hecke verstecken, als Anna das Haus verließ, die Kutsche bestieg und dem Kutscher Anweisungen gab. Mit einem so schnellen Abschied hatte ich nicht gerechnet. Das Gespann wendete und setzte sich in Bewegung. Ich überlegte, wie ich ihnen folgen könnte, aber dann sah ich einen Schatten durch den Garten huschen. Für einen kurzen Augenblick fiel das Licht aus einem der Fenster auf ihn. Es war der Mann mit der randlosen Brille. Ich stellte mich ihm in den Weg. „Kann ich Ihnen helfen?“

Was ist es, das einen wahrlich erfolgreichen Unternehmer auszeichnet? Die Missgünstigen haben zu allen Zeiten ausgerufen, es sei nur das Glück, das dem einen beschieden ist, dem anderen nicht. Auch Ferdinand Brunner hatte Neider – er verdanke alles der Familie seiner Frau, tuschelten sie. Aber es sei hier betont: Unsere Wiener Unternehmer zeichnen sich durch ihre Visionen aus. Sicher, alle Welt preist dieser Tage die Preußen, ihre sagenhaften Maschinen, die sie in ihren monströsen Hallen mit viel Gebrüll Tag und Nacht hämmern und schmieden. Aber ihre Erfolge sind bloß die Folge der eisernen Disziplin, des militärischen Geistes, die unsere nördlichen Nachbarn prägen. Unsere Unternehmer hingegen folgen ihrer grenzenlosen Fantasie, ihren Visionen, die sie über alle Schranken hinweg denken und in aller Welt glänzen lässt. Auch Brunner müssen wir diese Fähigkeit attestieren.

Er hatte die Rückschläge wohl bemerkt und hingenommen, ist dabei aber nicht stehen geblieben, sondern hat sie in Neues umgesetzt. Was kann man Besseres über einen Unternehmer sagen? Wenn Wien ihm nicht gut war, wenn seine Frau sich von ihm abwendete – warum nicht den Sprung in eine andere Welt wagen? Er war aus der Provinz gekommen, hatte es hier bei uns geschafft, warum also nicht auch in der Neuen Welt? Die Bilder hatte er ja ständig vor Augen: Täglich kamen sie an, die Habenichtse, mit jedem Zug, der aus dem Osten ankam, wurden es mehr. Sie kamen aus den entlegensten Provinzen unseres Kaiserreiches, sprachen unsere Sprache nicht und wurden nicht wenigen hier unheimlich, Aber zu unserer Verwunderung – sie blieben nicht! Sie zogen weiter, nach Amerika, ins gelobte Land. Und Brunner erkannte die ungeheure Chance, die sich einem Unternehmer wie ihm bot. Abertausende Menschen – und sie alle brauchten eine neue Bleibe! Brunner wollte sie Ihnen bauen, schöner als sie es sich je hätten erträumen können.

Und so wurde der 7. Dezember 1900 zu Brunners Triumph, der der missglückte Opernball nicht geworden war. Alle Anwesenden, die sich mir anvertraut haben, waren sich darin einig, auch Ferdinand selbst äußerte sich mir gegenüber noch viel später euphorisch über diesen Tag.

Er hatte ein maßstabgetreues Modell seiner geplanten Siedlung in Buenos Aires anfertigen lassen, das den halben Raum einnahm. Die erfolgreichsten Wiener Investoren waren eingeladen. Als besonderen Clou hatte er seinen Kompagnon eingeladen – Arpad Kotanyi, der extra aus Argentinien angereist war, was dann auch viel Eindruck machen sollte. Es war ein herrlicher Morgen. Brunner reckte sich in dem großen Saal seiner Villa in der Wiener Cottage, die Morgensonne fiel durch das große Fenster und tauchte das Modell in ein warmes, südliches Licht. Zärtlich ließ er seine Hand über die Stadt gleiten – Ferdinands Stadt, die auch einmal seinen Namen tragen sollte, Ciudad Brunner hatte er auf das Ortsschild schreiben lassen. Das Modell versprach alles: eine breite Hauptstraße, die sich geschickt durch eine sanfte Hügellandschaft wandte und von der großzügig geschnittene Alleen mit weißen Villen abzweigten. Selbst an Schulen und kleine Höfe hatte er gedacht.

Es war der grimmige Stolz des gekränkten Parvenüs, der sich in diesem

Entwurf manifestierte. Aus einem kleinen Dorf in den Bergen an die Ufer des Atlantiks – so eine Karriere hatte niemand von den zwei Dutzend Investoren, die jetzt darauf warteten eingelassen zu werden, vorzuweisen. Nichts war ihm in den Schoß gefallen. Er hatte es aber trotzdem geschafft, mit Durchsetzungsvermögen, Zielstrebigkeit und Härte – gegen sich und andere. Niemand würde mehr wegen seines provinziellen Akzentes lachen, den er nie ganz hatte ablegen können und der ihn immer schmerzhaft daran erinnerte, nicht dazu zu gehören. Nein, heute würden sie alle sprachlos vor seiner Modellstadt stehen und die Kühnheit seines Projektes bewundern, daran gab es für ihn keinen Zweifel. Er war das Wagnis eingegangen, die anderen dürfen jetzt zahlen. Er hatte eigens eine kleine Ansprache geschrieben, sie auswendig gelernt und unzählige Male vor dem Spiegel eingeübt. Sie fand sich in seinen Hinterlassenschaften.

„Meine Herren! Es ist mir eine Ehre, Sie heute hier an diesem herrlichen Morgen begrüßen zu dürfen. Bienvenidos würde man dort sagen, wohin ich Sie einladen möchte, um mit uns ein neues Kapitel aufzuschlagen. Buenos Aires wird ein neues Gesicht bekommen und sie können daran teilhaben – und natürlich auch kräftig daran verdienen. Ich verspreche Ihnen: Jede Krone, die Sie investieren, wird um ein Vielfaches vermehrt werden! Was sie vor sich sehen ist nichts Geringeres als das bedeutendste städtebauliche Projekt, das der südamerikanische Kontinent je gesehen hat. Eine komplett neue Siedlung an den Ufern des Rio de la Plata. Heimat für Tausende von Auswanderern aus Europa. Und Sie alle wissen: Der Bedarf ist enorm. Täglich landen sie dort, die Schiffe aus Europa. Sie bringen Menschen, die hungrig sind, die nach Arbeit dürsten, die sich ein neues Leben aufbauen wollen. Und sie werden uns die Häuser aus den Händen reißen! Mein Kompagnon Arpad wird vor Ort dafür sorgen, dass von Baubeginn bis Verkauf alles reibungslos verläuft. Und falls jemand von ihnen die Häuser persönlich in Augenschein nehmen möchte – Herr Kotanyi wird Sie mit Freude betreuen. Und nun bitte, meine Herren, schauen Sie sich selbst alles genau an!“

Sein Partner Kotanyi war ein Ungar, der lange Zeit in Wien gelebt hatte. Brunner kannte ihn schon seit Jahren. Kotanyi war seine rechte Hand, seit der Ansturm aus den Kronländern auf Wien begonnen und die Hausse auf dem Häusermarkt ausgelöst hatte. Bereits bei der Errichtung der Zinshäuser entlang des Gürtels konnte Kotanyi mit seiner Kenntnis des östlichen Geschmacks und seiner typisch ungarischen Nonchalance im Umgang mit der Wiener Bürokratie viel zu Brunners Aufstieg in die erste Reihe der Wiener Bauherren beigetragen.

Alle Anwesenden applaudierten lange und besahen sich das Modell neugierig von allen Seiten. Besonders Eifrige wollten sich sofort die besten Lagen sichern, andere zogen schnell nach. Kotanyi kam kaum nach mit dem Mitschreiben. Aber es fiel Brunner auch auf, dass zwei der Anwesenden sich auffällig zurückhielten. Es waren zwei Bekannte – Steiner und Novak, die Brunner nie hier vermutet hätte, sie waren nicht eingeladen. Man sah ihnen sofort an, dass sie nicht dazugehörten, auch wenn sie sich Mühe gegeben hätten. Unverkennbar Prateradel, wie wir Wiener sagen, in schlechtsitzenden Anzügen. Sie fielen nicht weiter auf und gingen früh, aber für Brunner wirkte das wie eine Drohung, die einen Schatten auf diesen sonnigen Vormittag warf.

An dieser Stelle muss ich ein wenig innehalten. Alle Fakten, die Ihnen, dem werten Leser hier unterbreite, basieren zum einen auf meiner intimen Kenntnis der Vorgänge in Wien, die ich als Redakteur über Jahrzehnte hautnah erleben und mitverfolgen durfte, und zum anderen auf den tagelangen Gesprächen mit Ferdinand Brunner, der mich in Wien als aufrichtigen und der Wahrheit verpflichteten Menschen schätzen gelernt hatte. Allerdings war mein Freund Ferdinand in einigen Punkten sehr gesprächig, in anderen geschäftsmäßig verschlossen, und ich musste mein ganzes Talent aufbieten, um ihn zum Reden zu bewegen. Dies betrifft auch die Vorfälle an diesem Morgen, die aber ganz entscheidend sein werden, wie wir sehen werden. Ferdinand erwähnte sie zunächst nur beiläufig. Er kam aber immer wieder darauf zurück.

Denn sein Tag begann – und ich bin stolz, dieses Ihnen hier als erster schildern zu dürfen – nicht erst mit der glänzenden Präsentation in seiner Villa, die ja von vielen der Anwesenden an anderem Orte bereits in schillernden Farben kolportiert wurde. Ferdinand war sehr früh aufgestanden, um sich auf eine andere bedeutende Verabredung vorzubereiten, die er ebenfalls von langer Hand vorbereitet hatte – dem Treffen mit unserem Polizeipräsidenten Karl Neubauer, der damals bekanntlich auf dem Höhepunkt seiner Karriere stand und nur noch auf seine Nobilitierung wartete. Die Sonne war gerade aufgegangen. Es muss ein majestätisches Bild gewesen sein: Zwei der bedeutendsten Persönlichkeiten des Wiener Bürgertum schreiten zusammen über den Dächern der Stadt die Straße zur im Bau befindlichen Sternwarte, unweit von Brunners Villa gelegen, hinauf. In ihren Kuppeln, die aus dem Park vor ihnen hervorragten, spiegelte sich die Morgensonne, hinter ihnen verschwanden die letzten Schatten in der gerade erwachenden Stadt. Links und rechts lugten stolz die Fassaden der Villen des noch jungen Cottage-Viertels zwischen den großen Eschen und nach englischer Manier angelegten Gärten hervor. In vergangenen Zeiten zog es die Ritter auf hohe Burgen, unsere Mächtigen tun es ihnen nach. Die beiden bogen auf ein noch unbebautes Grundstück ein.

Brunner betonte mehrfach, dass es bei diesem Treffen nur ums Geschäft gegangen sei. Neubauer wollte hier ein Grundstück erwerben, was aber selbst für einen Polizeipräsidenten keine unbedeutende Investition darstellte. Hoffte er auf Brunners Hilfe bei den Verhandlungen mit dem Cottage-Verein? Wie gut kannten sich die beiden? Waren sie befreundet? Oder hatte Neubauer gar etwas gegen Brunner in der Hand? Was versprach sich Brunner von diesem Treffen? Auf diese Fragen bekam ich lange keine Antwort. Erst später räumte Ferdinand ein, dass es in den Gesprächen zwischen den beiden „natürlich!“ nicht nur um den schönen Blick in den Hügeln über Wien, um ein gutes Geschäft, sondern auch um die Vorfälle der jüngsten Zeit tief unten im breiten Tal der Donau gegangen war, allen voran um den immer noch ungelösten Mord an der Debütantin und das plötzliche Auftauchen und ungehörige Verhalten des Inspektors aus Lemberg. Doch davon später mehr. Denn dieser Tag sollte Ferdinand Brunner noch eine weitere Überraschung bereiten.

Wien 7. Dezember

Gestern war ein erfolgreicher Tag. Ich musste wieder diesen seltsamen Künstler begleiten, diesmal in ein genauso seltsames Gebäude, in dem noch seltsamere Kunstwerke ausgestellt wurden. Ich glaube, das macht dieser eigenartige Kauz absichtlich, dass er sich von jungen Mädchen wie mich begleiten lässt. Erst dachte ich, er will die anderen Männer mit mir beeindrucken. Aber jetzt bin ich mir sicher, dass seine Masche eine andere ist. Er will mit mir die anderen Frauen eifersüchtig machen. Und ich glaube, seine Masche ist sehr erfolgreich. Als ich bei ihm in seinem Gartenhaus eintraf, unterhielt er sich gerade mit einer „Dame“ der Gesellschaft. Die beiden beachteten mich nicht weiter, so dass ich das Gespräch mithören konnte. Sie vereinbarten, dass er sie malen würde. Er verlangte dafür 7000 Kronen! Nein. ich habe mich nicht verhört! Sie akzeptierte ohne zu zögern. 7000 Kronen! Woher haben die Menschen so viel Geld?

Die Dame entdeckte ich dann auch am Abend in der Ausstellung wieder. Sie war geübt in solchen Anlässen. Ein Küsschen hier, ein Küsschen dort. Sie glich den zahlreichen anderen Frauen, die an der Seite der Männer durch die Hallen flanierten. Sie trugen alle ähnliche Kleider. Die Haare hatten sie zu einem geflochtenen Korb aufgesteckt, in den sie Schleifen und Kämme drapierten. Damit müssen sie Stunden verbracht haben, schätze ich. Meine kurzen Haare erregten daher einige Aufmerksamkeit. Ich konnte aus den Augenwinkeln sehen, wie die Männer mich von oben bis unten musterten, und nicht nur die Männer. Bei der Wohltätigkeitsveranstaltung war ich noch viel zu aufgeregt, um das zu bemerken. „In ein paar Wochen werden alle Frauen kurze Haare tragen“, meinte Lindt, den ich jetzt Gustav nennen sollte. Lustig, denn ich trage meine Haare nur deshalb kurz, weil ich mich zuhause selbst frisieren musste. Und jetzt sagt Gustav, alle Männer seien verrückt nach mir und würden ihn ständig nach meinen Namen fragen. Aber da war er noch nüchtern.

Anders als bei der Wohltätigkeitsveranstaltung wurde hier sehr viel getrunken, ich musste ständig mit irgendwelchen Männern anstoßen. Eine Kapelle mit einem wilde Grimassen schneidenden Geiger spielte sehr laut. Schon als wir eintraten, tanzten die ersten Gäste, es war ein ständiges Gedrängel und Geschubse. Ich wurde ständig angefasst. Irgendwann fiel Gustav um. Schnell wurde eine Kutsche gerufen, und wir fuhren zurück zu seinem Haus. Er tatschte die ganze Zeit an meinen Brüsten und versuchte mich zu küssen, schlief aber zum Glück ständig ein. Bei ihm zuhause ging das so weiter. Ich hatte dem Kutscher gesagt, er solle warten, und er musste nicht lange warten. Gustav zog mich auf eine Couch, fiel aber beim Ausziehen der Hose wieder um. Schließlich gab er auf und zeigte auf eine Schublade, aus der ich mir Geld holen sollte. Er hatte wohl vergessen, dass er Adam bereits bezahlt hatte. Ich nahm einige Scheine und verschwand. Erst zuhause sah ich, dass es 200 Kronen waren. Muss ich ein schlechtes Gewissen haben? So viel Geld! Das reicht für mich ein ganzes Jahr.

Wie gesagt, es war ein erfolgreicher Tag. Aber vor dem heutigen Tag habe ich Angst.

Vor einer Stunde war Leni vorbeigekommen. Sie ist Nachbarin auf meinem Flur, hat wohl mein Alter, ist sehr zart gebaut und sieht daher deutlich jünger aus. Sie wirkte sehr einfältig, aber ich bemerkte sofort, sie geschickt sie war. Sie hatte ihr seidig-blondes Haar wunderschön geflochten, das kann nicht jeder. Wir hatten vereinbart, dass sie nach meinen Anweisungen meine Haare nachschneidet. Im Gegenzug würde ich sie frisieren. Leni weinte die ganze Zeit. Sie war in einem schrecklichen Zustand. Jemand hatte ihr einzelne Büschel aus ihrem Haar gerissen. Die Unterlippe war aufgeplatzt, das rechte Augenlid war geschwollen und blau gefärbt. Sie wollte aber nicht darüber reden. Erst dachte ich, dass sie sich schäme. Aber jetzt glaube ich, dass es in ihrer einfachen Welt keine Worte gibt, für das, was man ihr angetan hat. „So ein böser Mann“, wiederholte sie stur und schüttelte den Kopf. Sie weinte aber nicht wegen ihm und ihren Verletzungen, sondern weil Madame ihr gestern sagte, dass sie erst wieder Kunden bekommt, wenn ihr Gesicht geheilt sei. Dabei habe sie bei ihr bereits Mietschulden.

Ich gab ihr fünf Kronen unter dem Versprechen, niemandem zu sagen, woher sie die habe. Sie umarmte mich stumm sicherlich zwei Minuten lang und verschwand schnell.

Kurze Zeit später stand Madame in der Tür. Dies sei mein Glückstag, sagte sie. Sie habe einen Kunden für mich, der nur „das Mädchen mit den kurzen Haaren“ will und dafür viel Geld zahlen wolle. „Das Mädchen mit den kurzen Haaren“ wiederholte sie bestimmt dreimal. Ich solle mir nachmittags das weiße Kleid anziehen, darauf würde der Mann bestehen, und auf die Kutsche warten. Jetzt sitze ich hier in meinem Zimmer und frage mich das erste Mal, ob ich das richtige tue. Ist das nicht alles sinnlos? Kann ich so Sarahs Mörder finden? Und was mache ich dann? Würde mir jemand glauben? Kann ich ihm entkommen? Vielleicht ist er ja einer der mächtigen Männer, die ich schon kennen gelernt habe? Oder vielleicht ist er nicht aus Wien und verschwindet für immer unerkannt? Aber ich bin nun schon so weit gekommen. Ich bin wie Sarah mit Gustav unterwegs gewesen, ich wurde wie sie an Madame verkauft. Und nun werde ich wie sie ein weißes Kleid anziehen. Immerhin, es steht mir gut.

Nach und nach bekam ich ein Gefühl dafür, was Ferdinand mir erzählen wollte und was nicht. Die Präsentation seiner Modellstadt schilderte er in vielen Details und mit vielen ermüdenden Wiederholungen. Dies war das Bild, das er der Nachwelt erhalten wollte.

Von dem Vorfall kurz darauf erzählte er mir zunächst kein einziges Wort, wohl weil er ihn in ein unvorteilhaftes Licht rückte. Aber ich wusste bereits davon – von seiner Frau. Er war erstaunt, erkannte aber schnell, dass er nicht weiter leugnen konnte, dass es zu dieser Begegnung gekommen war. Schließlich gab er auf und schilderte mir zögernd seine Version.

Kaum waren seine Gäste von dannen gezogen – natürlich nicht oh-

ne vorher einen Termin mit ihm und Horvath vereinbart zu haben –, kündigte Ferdinands treuer Bediensteter Josef überraschend Besuch an. Wer könnte es sein? Verspätete Investoren? Aber als Ferdinand die beiden uneingeladenen Gäste in der Tür stehen sah, bereute er sofort, sie hereingebeten zu haben. Der eine war klein und untersetzt und führte sich als Wiener Polizist mit Namen von Piechlan ein. Er hatte offensichtlich getrunken und wirkte auf Ferdinand unangenehm aufdringlich. Sein Begleiter war eine noch größere Zumutung. Er trug einen billigen weißen Dreiteiler mit zu langen Ärmeln und einer lächerlichen Boutonniere im Revers, wie er zum Ausweis der verachtungswürdigen Luden geworden ist, die weit unten im Wiener Graben ihrer unaussprechlichen Tätigkeit nachgehen. Der Strolch stellte sich nicht einmal vor und hielt sich mit spöttischem Blick im Hintergrund – ein ungebührliches Verhalten, das Ferdinand fassungslos erbeben ließ. Dieser Piechlan hingegen, wild seine Polizeimarke wedelnd, kam gleich zur Sache und beschuldigte Ferdinand lautstark bellend in wirren, zusammenhangslosen Sätzen, der Chef eines Mädchenhändlerrings zu sein! Er erwähnte ein Wohnhaus in der Josefstadt, das angeblich Ferdinand gehöre und das – anders als die philanthropische Gesellschaft, der Ferdinand ja vorstehe, vorgebe – nicht bedürftige Mädchen während ihrer Ausbildung beherbergt, sondern Prostituierte für verschiedene Lusthäuser in unserer Stadt. Das muss sich der geneigte Leser vorstellen: Einer unserer angesehensten Bürger muss sich von einem betrunkenen Polizisten im eigenen Hause beleidigen lassen! Ferdinand konnte – verständlicherweise – ob dieser Ungeheuerlichkeit nicht gewohnt souverän reagieren und das schändliche Duo des Hauses verweisen.
Und genau das ermutigte das seltsame Paar!
Ferdinands Zögern wiegelte sie auf wie Hyänen, die die Schwäche des Opfers mit ihren von Staub verkrusteten Poren in der Savanne mit dem Wind wittern. Bitte versetzen Sie sich in die Lage des Überfallenen! Unbeirrt eskalierten sie die Situation – und forderten Schweigegeld. Schweigegeld!

In diesem kompromittierenden Moment trat unglücklicherweise Ferdinands Frau ein, erschrocken von den ungewohnt rohen Stimmen in ih-

rem Haus. Von ihr erfuhr ich, wie das Gespräch weiter verlief. Piechlan sprach unentwegt von einem Grundstück an der Sternwarte, sein Begleiter wohl einem Grundstück in Argentinien und der Überfahrt dorthin – er zeigte immer wieder belustigt auf ein Haus am Rande von Ferdinands Siedlung.
Ferdinand brachte die Anwesenheit seiner Frau verständlicherweise in Verlegenheit, ihm blieb keine Wahl. Er setzte seine kaufmännische Miene auf und erwiderte freundlich, dass man sich sicherlich wie unter Geschäftsleuten einigen würde, und vereinbarte mit dem Polizisten einen Besichtigungstermin am nächsten Morgen an der Sternwarte. Beide lud er zu einem anschließenden geschäftlichen Abendessen am gleichen Abend im Prater ein.
Die beiden zogen zufrieden ab, Emilie zog sich mit nachdenklichem Blick wieder zurück.

Ferdinand schaute aus seinem Fenster auf Wien herab. Im Osten zogen Wolken auf. Mit ihnen waren sicherlich wieder Tausende Bettler, Kranke, Diebe in die Hauptstadt gekommen. Eine unaufhaltsame Flut. War er nicht auch wie sie? Ein Nichts, gekommen aus den Weiten unseres großen Kaiserreiches, aus Dörfern und Städten, deren Namen niemand kennt, voller Hoffnung, voller Träume, und ohne den vertrauten Schutz, den nur die elterliche Heimat ihren arglosen Kindern bietet? Der Gedanke ließ Ferdinand erschauern.

---

18. Kapitel

Alfred Horvath
Schriftleiter
geb. 21. Mai 1860 in Klosterneuburg
wohnhaft Stiftgasse 6/1
7. Wiener Gem.bezirk

Horvath hatte für das Treffen am nächsten Morgen das gleiche Kaffeehaus vorgeschlagen, das auch Ignaz bevorzugte. Aber das wusste Horvath seltsamerweise. „Das Kaffeehaus kennen Sie ja“, hatte er zu mir gesagt, als ob wir uns schon seit Jahren kennen.

In der Nacht zuvor hatte er in dem Hinterhof des Künstlers Lindt keinerlei Widerstand geleistet und sofort, vielleicht ein wenig zu theatralisch, die Arme gehoben. „Herr Inspektor, ich weiß, dass Sie französisch boxen können!“
Ich inspizierte in dem spärlichen Licht seinen Ausweis, Zumindest keine der billigen Fälschungen wie die, die ich schon so oft nachts in Lemberg konfisziert habe, so viel konnte ich erkennen. „Was macht ein 'Schriftleiter' nachts in diesem Hinterhof?“, fragte ich ihn.
„Was macht ein Inspektor aus Lemberg nachts in diesem Hinterhof?“, antwortete er, wieder ohne eine Miene zu verziehen.
Ich schaute ihn fragend an und suchte nach einer Antwort. Woher wusste er, wer ich bin?
„Mein gnädiger Herr Inspektor, Sie verfolgen diese Anna. Nichts anderes tue ich auch.“
Erst jetzt erkannte ich, warum er nicht weggelaufen war. Er hatte einen Koffer dabei, den er geschickt mit seinem Körper in den Schatten der beiden erleuchteten Fenster stellte. Ich befahl ihm, ihn mir zu zeigen. Widerwillig zerrte er ihn in das matte Licht des Fensters. Der Koffer enthielt sorgfältig verstaut eine Kamera, wohl die, mit der er mich im Prater erschreckt hatte.

Die Kamera habe ich ihm abgenommen. Das war sicherlich nicht von den Gesetzen unseres Kaiserreichs gedeckt und mehr meiner Neugier geschuldet, aber Horvath hatte nicht protestiert. Die halbe Nacht inspizierte ich im Hotel vorsichtig den quadratischen Kasten, der so gut geschützt in Horvaths Koffer lag und den er so sorgsam vor mir verbergen wollte. Wenn man die Vorderfront des Kastens öffnete, zog die Klappe zwei Platten nach vorne. Auf der vordere war eine Linse zwischen fein ziselierten Metallscheiben montiert. Beide Platten waren fächerartig mit dem inneren des Kastens verbunden, ich traute mich nicht, den Kasten weiter zu untersuchen, die vordere Platte war schon interessant genug. Die Verarbeitung aller Metallteile war perfekt, selbst die Zündkolben unserer besten Motoren sind dagegen bestenfalls grobes Handwerk. Sicherlich stammten sie von einem Uhrmacher, wie es sie in der Schweiz geben soll. Ihr Sinn erschloss sich mir aber nicht. Ich entdeckte einen kleinen Hebel. Er war wahrscheinlich dazu gedacht, die Menge des Lichts, das hinter der Linse auf die Platten fällt, zu regulieren.

Ich hatte viele Fragen an Horvath, als ich mein Hotel verließ.

Anders als Ignaz war Horvath pünktlich und saß bereits im Kaffeehaus, als ich eintraf. Ich gab ihm den Koffer mit der Kamera zurück, den er aber nicht weiter inspizierte. Er traute mir wohl. Das Gespräch begann mit Nebensächlichkeiten, Horvath erzählte mir von seiner Tätigkeit für verschiedene Zeitungen und Illustrierten, die ich aber nur vom Namen kannte. Plötzlich rückte er seinen Stuhl zurecht, saß kerzengerade wie ein Schüler bei einer Prüfung vor mir und kam zur Sache. „Sie wollten wissen, warum ich gestern Nacht im Hinterhof von Lindt war."
„Und im Prater. Das waren Sie doch auch. Verfolgen Sie mich?", antwortete ich.
„Ich habe Sie auch schon bei Ihrer Ankunft in Wien am Bahnhof gesehen, aber das war Zufall."
„Weshalb waren Sie denn am Bahnhof?"
„Ich war einem, wie soll ich sagen... – ich war einer Person gefolgt, die mich interessiert. Adam Schick. Den kennen Sie ja auch."
„Ich habe ihn schon öfters in Lemberg verhaftet. Weshalb interessiert er Sie?"
„Dieser Schick interessiert mich nur am Rande. Ich hoffe über ihn an den Mörder der – wie hieß sie gleich noch? – unglücklichen Debütantin zu kommen."
„Sarah?", entfuhr es mir.
Horvath holte mit einem geschickten Handgriff ein kleines Notizbuch und einen Bleistift aus der Innentasche seines Jacketts und machte sich Notizen. „Sarah hieß sie? Ihr Name wurde uns ja nie von der Polizei mitgeteilt. Danke, das hilft mir schon einmal weiter! Das arme Ding war sicherlich aus Lemberg?" Er sah mich fragend an. „Das würde dann Ihre Anwesenheit, werter Herr Inspektor, hier bei uns in Wien

erklären."
„Sie war aus der Nähe von Lemberg." Ich beschloss, erst einmal nichts mehr zu sagen. „Was wissen Sie denn über den Fall?"
„Erst einmal nicht mehr als alle anderen auch. Aber anders als die anderen frage ich mich, weshalb der Fall überhaupt so prominent wurde. Weshalb gab es den überraschenden Überfall der Gendarmerie – Sie wissen schon, bei dieser Madame? Unsere Polizisten trifft man sonst dort nur ohne Hosen an."
„Sie meinen also, dass so ein Mord häufiger vorkommt, aber die Polizei schaut weg?"
„Ich weiß es nicht. Aber ich vermute, dass es einen Kreis von Männern in unserer Stadt gibt, die etwas ausgefallenere Phantasien haben, wenn es um Frauen geht – etwas jünger als erlaubt, etwas brutaler als erlaubt. Und ich vermute, dass dieser Kreis Protektion von ganz oben genießt. Und eine Spur führt nach Lemberg."
„Das sind nur Vermutungen der Wiener Polizei. Aber ich verstehe jetzt – deshalb Ihre Warnung, dass ich mich hier mit mächtigen Männern anlege."
„Genau. Herr Inspektor, irgendetwas stimmt hier nicht. Sehen Sie: Weshalb kommt plötzlich ein Herr Adler aus Lemberg und ermittelt hier bei uns? Das ist doch verdächtig!" Er machte eine Pause. „Einige Sachverhalte erschließen sich durch Nachdenken. Ansonsten muss man fragen." Wieder machte er eine Pause und schaute, ob ich reagiere. „Das ist mein Motto!"
Ich reagierte nicht.
Horvath ließ nicht locker. „Wie weit sind Sie denn gekommen bei Ihren Ermittlungen?"
„Sie wissen doch, dass ich erst ein paar Tage hier bin."
„Das hübsche Mädchen mit den kurzen Haaren haben Sie immerhin schon entdeckt. Und das schöne Haus, in dem sie wohnt, auch. Sie hat jetzt auch ein schönes weißes Kleid. Das war nicht billig."
Horvath war mir offenbar den ganzen Tag gefolgt.
„Wo sind Sie denn damals von dem schönen Haus aus so schnell hin mit Ihrer Kutsche?"
„Ins Hotel."

Horvath lächelte kurz. „Das werde ich Ihnen wohl glauben müssen.“
Wir schwiegen beide.
„Nun, meine Adresse haben Sie ja. Ich wohne übrigens unweit vom Präsidium. Wir sollten zusammenarbeiten, Herr Inspektor. Wir haben, wie ich Ihnen hoffentlich darlegen konnte, das gleiche Ziel.“ Horvath holte kurz Luft. „Wir wollen den Mörder finden! Und vielleicht noch die Hintermänner. Das ist unser beider Ziel!“
Er zog geübt seinen Koffer an sich und stand auf. Schließlich drehte er sich noch einmal kurz zu mir um. „Eine Frage habe ich noch, allerdings privater Natur. Wie haben Sie es denn gestern geschafft, in die uns heilige Secession eingelassen zu werden? Das schaffen nur wenige. Ich war Ihnen, bei allem Respekt, verehrter Herr Inspektor, offen gestanden ein wenig missgünstig, als ich Sie die Treppen hinaufsteigen sah.“
„Ich hatte eine Einladung.“ Jetzt musste ich kurz grinsen.
Horvath verstand, nickte und drehte sich Richtung Ausgang, hielt aber erneut inne, um sich verschwörerisch zu mir vorzubeugen. „Ich habe natürlich schon bezahlt. Ich hoffe, Sie wiederzusehen.“

Als ich ein paar Minuten später ging, öffnete mir einer der Ober zum ersten Male die Türe und verbeugte sich umständlich. „Auf Wiederschaun, Herr Inspektor!“
So schnell geht das also hier in Wien.

Unbemerkt hatte sich das Wetter verschlechtert. Wolken waren aufgezogen, und ohne die Sonne merkte ich schnell, dass ich unpassend angezogen bin. Mein Koffer war wegen des schweren Fotoapparates im Hotel geblieben, auch auf meinen schweren Mantel hatte ich verzichtet, Unschlüssig zog ich durch die Wiener Innenstadt, die sich winterfest machte. Die Straßenhändler waren weitgehend verschwunden, die Auslagen der Geschäfte über Nacht ins Innere gewandert und dort verlockend mit Sternen und goldenen Kugeln geschmückt worden. Das war nicht nur mir aufgefallen. Ich beobachtete eine Gruppe Schüler, die sich an einer besonders schönen Schaufensterscheibe einer Konditorei die Nasen plattdrückte. Mit ihren Händen schienen sie die Scheiben, die sie von den süßen Torten und aufgetürmten Baisers trennten, wegdrücken zu wollen, bis sie von dem erbosten Eigentümer mit viel Lärm und Geschrei vertrieben wurden. Ich sah den johlenden Kindern hinterher und bemerkte erst dann, dass der Ladenbesitzer angefangen hatte, seine Scheibe pedantisch mit einem weißen Tuch von den Spuren der Kinder zu säubern. Da durchfuhr es mich. Ich wusste plötzlich, was ich übersehen hatte.

Im Hotel schnappte ich mir meinen Koffer und den Mantel und fuhr mit einer Kutsche in die Pathologie. Hoffentlich hatte man das Mädchen noch nicht abgeholt. Johan Seidler erwähnte, dass sich viele jüdische Gemeinden weigerten, unverheiratete Mädchen zu beerdigen und dass auch die Beisetzung in einem anonymen Massengrab erst einmal genehmigt werden müsse. Deshalb war die Tote so lange noch in der Pathologie geblieben. Vor der Pathologie bezahlte ich den Kutscher. Mein Blick fiel sofort auf ein Automobil, das im Hof geparkt war. Das musste ein Daimler Phönix sein, kein Zweifel, auch wenn ich noch nie dieses Modell gesehen hatte, aber ich hatte schon viel davon gehört. Ein wenig ungläubig umkreiste ich das Gefährt. Auch in Wien waren motorisierte Wagen damals eine Rarität, ich hatte seit meiner Ankunft erst einen in der Ferne laut knatternd gehört. Es war ein Viersitzer, die Karosserie war Standard. Aber der Vierzylinder-Motor des Phönix wurde von allen gerühmt. Hätte ich nur ein wenig Zeit, ihn näher zu begutachten, sagte ich mir. Ich schaute mich um, ein Besitzer war weit und breit nicht zu sehen.

Johan begrüßte mich überschwänglich, hatte aber schlechte Nachrichten. Die tote Sarah war an diesem Vormittag abgeholt worden. Er war dabei, wie sie in den Holzsarg gelegt wurde. „Und was ist mit ihrem Kleid passiert?“, fragte ich ihn.
„Mit ihrem Kleid? Das habe ich ihr angezogen, auch wenn es ja blutverschmiert war. Es war kein Geld da für ein Totenkleid.“
„Wo wird Sie bestattet?“
„Auf dem jüdischen Friedhof Alsergrund.“
„Und wann?“
„Jetzt?“ Johan sah mich fragend an.
„Wie weit ist es bis dorthin?“

„Sie wollen dorthin?“
„Wir müssen vor dem Begräbnis da sein.“
„Sind Sie mit einer Kutsche gekommen? Wenn der Kutscher noch da ist, schaffen wir es in 30 Minuten.“
„Ich denke, wir müssen wohl eine Kutsche holen.“
„Das ist hier schwierig. Aber wir können es probieren.“
Johan hatte die Dringlichkeit verstanden und sich seinen Mantel geschnappt. Zusammen rannten wir nach draußen.
„Ich habe eine Idee.“ Ich zeigte auf den Daimler. „Springen Sie auf.“
„Können Sie so einen Wagen fahren?“ Johan schaute mich verdutzt an, aber ich hatte mir schon die Kurbel unter dem Bock geschnappt und begann unbeholfen die Kurbelwelle zu drehen. Ein verhaltenes Stottern, das schnell verebbte. Viel Zeit hatte ich nicht. Das Stottern würde den Besitzer oder seinen Fahrer sicherlich alarmieren. Ich justierte das Benzinventil und drehte weiter. Ein Stottern, nichts. Justieren, Andrehen, Stottern. Wieder nichts. Endlich sprang der Motor mit lautem Gebrüll an, ich sprang auf und fuhr los. Der Phönix hatte sicherlich 16 PS, aber anders als bei meinem De Dion in Lemberg mit nur einem Zylinder hatte ich Mühe, das schwere Gefährt zu beschleunigen. Aus dem Augenwinkel sah ich noch einen Mann mit Uniform und Mütze aus einem Nachbargebäude springen, der uns laut gestikulierend verfolgte.
„Der Wagen gehört dem Polizeipräsidenten.“ Johan klammerte sich an dem Sitz fest, schien aber die Situation zu genießen. Amüsiert verfolgte er, wie ich ungelenk die Kupplung betätigte.
„Aber der hasst mich sowieso schon. Sie müssen hier links abbiegen.“
Johan hatte richtig geschätzt, nach etwa 20 Minuten erreichten wir den Friedhof, wobei ich bemerken muss, dass ich sehr rücksichtslos gefahren bin. Wenn der Daimler in Bewegung war, fuhr er gleichmäßig wie eine Kanonenkugel, der Motor war eine technische Meisterleistung, das muss man den Deutschen lassen. Johan hatte schnell den Sinn der Glocke verstanden und bimmelte unentwegt den Weg frei. Wir hatten zwei Droschken bedrängt und die Kutscher mit unserem lauten Gefährt in arge Bedrängnis gebracht. Nur mit Mühe konnten sie die erschreckten Pferde zäumen, die in Panik links und rechts ausbrechen

wollten. Und ich hatte Glück, dass ich gerade noch einem, von den Wienern Tramway genannten Schienenzug ausweichen konnte, dessen Fahrer mit allem rechnete, nur nicht mit uns. Der Daimler schwankte bedenklich, für kurze Zeit fuhren wir nur auf den linken Reifen, bevor sich der Wagen mit einem schweren Schlag wieder auf die Straße setzte. Das wäre mit meinem Wagen in Lemberg nicht passiert. Johan war inzwischen still geworden und bekreuzigte sich mit einem tiefen Seufzer, als ich den Wagen schließlich zum Halten brachte. Wir eilten durch ein schmales Tor in den von hohen Mauern aus groben Steinen abgeschirmten Friedhof und erkannten zwischen den Bäumen sofort die kleine Runde, die unsere Tote auf ihrem letzten Weg begleitete.
„Halt, Polizei!“
Die Friedhofsarbeiter hielten inne. Alle starrten auf den Rabbi, der sich verärgert uns zuwandte.
„Was liegt vor? Weshalb stören Sie die Totenruhe? Lassen Sie uns mit der Bestattung fortfahren.“
„Mein Name ist Jacob Adler, ich bin Inspektor aus Lemberg. Seien Sie versichert, dass ich nicht leichtfertig störe. Aber ich muss Sie bitten, einen Moment innezuhalten.“
„Mein lieber Freund aus Lemberg. Innerhalb dieser Mauern regiert Gott, und ich bin beauftragt, die Einhaltung seiner Gesetze zu überwachen. Sie können mich gerne draußen verhaften, aber ich werde jetzt die Unglückliche nach unseren Geboten bestatten.“
„Ich kenne die Gesetze, mein Rabbi und mein Lehrer. Aber die Unglückliche wird in dem Kleid bestattet, in dem sie ermordet wurde. Sie wurde nicht gewaschen. Ich bin bereit, für eine Tachrichim aufzukommen, die ihrer würdig ist.“
Der Rabbiner überlegte kurz. „Dies ist ein großzügiges Angebot. Und ein Gebot Gottes.“ Er gab kurze Handzeichen, und die Friedhofsdiener hoben den Sarg mürrisch aus der Erde. Sie brachten ihn zurück in die kleine Trauerhalle neben dem Eingang. Die wenigen Mitglieder der Gemeinde, die sich eingefunden hatten, folgten schweigend.
„Vielen Dank, mein Rabbi. Ihre weise Entscheidung wird sicherlich auch helfen, weitere Untaten wie diese zu verhindern.“

In diesem Moment, ich hatte die Worte kaum ausgesprochen, kam es wieder. Dieses Gefühl, hilflos ausgeliefert zu sein. Mir wurde schwarz vor Augen. Ich sehe mich als kleinen Jungen vor einem Grab stehen. Eine Stimme aus dem Hintergrund flüstert mir ins Ohr: „Du hast Sie auf dem Gewissen, Jacob Adler."

Johan hatte mich aufgefangen. „Herr Adler, was ist los mit Ihnen?" Ich blickte in die besorgten Gesichter, sah den Rabbi, kam wieder zu Sinnen und taumelte einige Zeit benommen zwischen den Gräbern, von Johan gestützt. „Ich weiß es nicht", stammelte ich, „ich habe in letzter Zeit häufiger solche Koller. Ich verliere das Bewusstsein und sehe Szenen aus meiner Kindheit. Ich weiß es wirklich nicht. Was ist mit mir los?"
Langsam folgten wir der Trauergemeinde zu der kleinen Halle. Wir einigten uns auf eine angemessene Spende und bekamen nach einigen Minuten das blutige Debütantinnenkleid in einer kleinen Tasche gefaltet ausgehändigt.
„Was haben Sie damit vor?"
Die Rückfahrt ging ich Johan zuliebe diesmal langsamer an, wir hatten jetzt Zeit. „Die Blutungszeit dauert vier Minuten."
„Die Blutungszeit dauert vier bis fünf Minuten, laut Professor Gross", verbesserte mich Johan. „Vier bis fünf Minuten, sie haben recht. Unser Opfer wurde exzessiv getötet, was sicherlich genauso lange gedauert hat. Der Täter muss das Mädchen dabei immer wieder fixiert haben, an verschiedenen Stellen, da es sich in ihrer Todesangst sicherlich mit allen Mitteln gewehrt hat. Der Täter muss Spuren hinterlassen haben, die wir auf dem Kleid immer noch finden können."
„Fingerabdrücke."
„Genau, Fingerabdrücke. Können Sie in der Pathologie das Kleid untersuchen? Wir brauchen Fotos von allen Fingerabdrücken, die sich auf dem Kleid finden."
„Wir haben hier sogar die Möglichkeit, sie panchromatisch zu vergrößern, Herr Inspektor."
„Sehr gut, ich danke Ihnen vielmals für Ihre Hilfe – und Ihren Mut. Bitte nennen Sie mich Jacob."

„Das mache ich gerne. Ich hoffe nur, dass wir den Täter so überführen können. Und dass wir nicht vorher verhaftet werden.“ Er hielt kurz inne. „Was machen wir mit dem gestohlenen Wagen?“
„Wir stellen ihn wieder ab. Mir fällt schon eine Geschichte ein. Aber das mit dem Kleid sollte besser unser Geheimnis bleiben.“ Johan nickte sofort und versteckte die Tasche mit dem Kleid unter dem Sitz. Er schien wieder Spaß an unserem Ausflug zu haben und schaute sich vergnügt um. „Wem darf ich denn unser Geheimnis anvertrauen?“
„Nur denen, denen Sie genauso vertrauen, wie ich Ihnen.“
Wir fuhren in den Hof vor der Pathologie. Zu unserer Verwunderung war niemand zu sehen, kein aufgeregter Chauffeur, kein Empfangskommando der Wiener Polizei. Wahrscheinlich konnte sich der Polizeipräsident nicht vorstellen, dass die Diebe seinen Daimler wieder zurückbringen würden. Wir verabschiedeten uns und vereinbarten, dass ich am nächsten Tag wieder vorbeikommen würde.

Ich beschloss den langen Weg zu meinem Hotel zu laufen. Mein Schwächeanfall machte mir Sorgen. Aber mein Mantel wärmte mich und an das Gewicht meines Koffers hatte ich mich auf meinen weiten Wegen in Lemberg lange schon gewöhnt. Ich war sicherlich schon eine gute Stunde durch die Innenstadt gelaufen, die sich gegen Nachmittag wieder mit Leben füllte, aber noch immer nahm ich meine Umgebung nur schemenhaft wahr. Ich muss schon an einigen Zeitungsständen vorbeigelaufen sein – es gibt sie hier an jeder Ecke. Aber erst den Zeitungsverkäufer mit der lustigen Schirmmütze, der sich unvermittelt vor mir aufbaute, konnte ich nicht ignorieren: Laut rufend hielt er mir die Abendausgabe einer der Wiener Zeitungen entgegen. Darauf erkannte ich mit Schrecken mich. Es war das Foto, das dieser Horvath im Prater von mir gemacht hatte. Mein Gesicht war gut zu erkennen, dazu dramatisch meine erhobene Faust und gerade noch schemenhaft der taumelnde Angreifer, den ich zu Fall gebracht hatte. Darüber stand in schreienden Buchstaben:

EIN INSPEKTOR AUS LEMBERG JAGT DEN MÖRDER DER DEBÜTANTIN!

Wie sie hieß und woher sie kam – EXCLUSIV in dieser Ausgabe!!!

Dem aufmerksamen Leser wird nicht entgangen sein, dass sich in meine Schilderung der seltsamen und höchst bedenkenswerten Vorkommnisse in diesen so wenig besinnlichen Dezembertagen unbemerkt eine zweite Stimme eingemischt hat – die der hoch verehrten Emilie Herzmansky. Und es sei mir erlaubt, an dieser Stelle schon einmal vorwegzunehmen, dass Ihre gerechte und vorurteilslose Sicht auf die Dinge viel dazu beitrug, dass ich dieses Verbrechen, das damals ganz Wien beschäftigte, schließlich aufklären konnte.

Dabei war es ein Zufall, der unsere Wege kreuzen ließ. Mein heute allseitig gerühmter Artikel in der Abendausgabe, der dem Fall bekanntlich die entscheidende Wende brachte, war in dreifacher Auflage gedruckt und wurde den vielen Verkäufern in ganz Wien buchstäblich aus den Händen gerissen. Eine gewisse Zufriedenheit beschlich mich, und ich beschloss, einen Ort der Besinnung aufzusuchen, um die kommenden Ereignisse, die mit Sicherheit auf mich wie ein Orkan einprasseln würden, mit mir allein zu besprechen. Und welchen besseren Ort hätte ich aufsuchen können, als unser berühmtes Kunsthistorisches Museum, dessen Bau damals von Kaiser Franz Joseph höchstselbst überwacht wurde? Berührt schritt ich die Prunkstiege hinauf, auf der Suche nach einem stillen Plätzchen ganz für mich allein. Die Gemäldegalerie war mittags meist menschenleer. Umso erstaunter war ich, in einem der hinteren Kabinette eine Frau sitzen zu sehen. Ich musste zweimal hinschauen – es war Emilie, da war kein Irrtum möglich, andächtig versunken vor den Meisterwerken der italienischen Renaissance. Emilie, von unseren konservativen Zeitgenossen als die regenbogenfarbene Iris der modernen Kunst geschmäht, versunken in das Studium der „Salome" des unvergleichlichen Cesare de Sesto!
Nie hätte ich gewagt, sie anzusprechen, aber zu meiner großen Verwunderung wandte sie sich unvermittelt an mich. Ich erinnere noch heute jedes Wort.
„Ich kenne Sie. Sie haben den Artikel in der Abendausgabe geschrieben."

Ich fand vor Stolz und Rührung keine Worte, um angemessen zu antworten.
„Setzen Sie sich neben mich."
So saßen wir eine Weile. Ich wagte nicht, das Gespräch zu beginnen, obwohl all meine Fragen meinen Kopf beinahe bersten ließen, und ließ meine Blicke über die Gemälde schweifen. Schließlich unterbrach sie das Schweigen. Sie hatte meinen Artikel ausführlich studiert und fragte mich nach Einzelheiten des Falles, über den sie gut informiert schien. Besonderes Interesse zeigte sie an dem Polizisten aus Lemberg, ohne damals freilich zu erwähnen, dass sie bereits in der Secession mit ihm Bekanntschaft gemacht hatte. Als ich sie darauf aufmerksam machte, gab sie sich zunächst überrascht, lenkte aber schnell ein. „Ich erinnere mich, dort war ein Polizist aus Lemberg. Wie hieß er noch? Ach ja, Adler. Das ist alles eine sehr unangenehme Sache." Sie stand auf. „Herr Horvath, versichern Sie mir, mich über Ihre weiteren Erkenntnisse persönlich zu unterrichten?" Ich bejahte sofort und bekam von ihr im Gehen eine kleine Visitenkarte mit goldenen Lettern überreicht – mein Eintritt in die Welt hoch über unserer Stadt. So saß ich noch eine Weile und bewunderte, nun mir selbst überlassen, Sestos Meisterwerk – Salomes rätselhaft triumphierendes Lächeln; die Blüten, die, von unsichtbarer Hand zusammengehalten, auf ihrem Haupt eine Krone formen; ihr rotes Kleid mit dem frivol von der Schulter fallenden Tuch, das ihren Busen freigibt. Mir war, als sähe ich Emilie in die Augen.

Wien 7. Dezember

Dies ist vielleicht mein letzter Eintrag in dieses kleine Büchlein meiner Reise in die große weite Welt. Ich sitze in meinem kleinen Zimmer, das sich nun wie ein Gefängnis anfühlt. Mein Wärter hat sich angewöhnt, in regelmäßigen Abständen vor dem Haus auf und ab zu gehen. Heute blieb die Sonne hinter dichten Wolken verborgen, der Raum blieb den ganzen Mittag grau. Leni ist verschwunden, ich höre aber ein anderes Mädchen in einem Nachbarzimmer weinen. Der hohen Stimme nach muss sie noch sehr jung sein. Ich habe den einen unbemerkten Augenblick am Vormittag genutzt und all meine wichtigen Sachen in den dichten Ästen des seltsamen Baumes im Park gegenüber versteckt, meinen Pass und das viele Geld. Wer weiß, ob ich noch einmal in dieses Zimmer zurückkomme. Jetzt sitze ich im weißen Kleid auf der Bettkante und warte, dass ich abgeholt werde. Ein Herr hat viel Geld für eine „Modenschau“ mit mir bezahlt. Ich soll jederzeit „Ja, mein Herr!“ sagen und nicht widersprechen, hat Madame gesagt. Ich habe Gott gedankt, dass er mich so weit geführt hat. Heute ist der Tag der Entscheidung.

19. Kapitel

Der Artikel von Horvath versprach mehr, als er dann hielt. Aber ich bemerkte sofort, dass mich die Leute anstarrten. Erkannten sie mich als den Polizisten unter der Schlagzeile? Ich versuchte allen Blicken auszuweichen und irrte ziellos mit meinem Koffer durch die Gassen der Altstadt. Wohin sollte ich gehen? Zurück ins Präsidium und noch einmal meine Skizzen studieren? Wie würde die Polizei auf den Artikel reagieren, wie der Polizeipräsident?
Ich überlegte, was ich in Wien bislang erreicht hatte, und ging alle Stationen in meinem Kopf noch einmal durch – der Graben, das Blumenhaus, die Villa des Unternehmers, die Secession. Alle Figuren, denen ich begegnet bin, schienen in ihre Umgebung zu passen, Ignaz, Madame, Brunner. Nur das Mädchen aus Lemberg nicht, das bereits dreimal meinen Weg gekreuzt hat. Was hat sie vor? Verfolgte sie einen Plan?

Ich hatte die Grenzen der Altstadt erreicht und bog auf die Ringstraße in Richtung meines Hotels ein. Noch nie war ich hier entlanggelaufen, immer nur mit der Kutsche achtlos vorbeigefahren. Zwischen den Baulücken gab es Viertel, die bereits vollständig fertig gestellt waren, mit breiten, boulevardartigen Bürgersteigen, repräsentativen Fassaden und vornehmen Wohnpalästen. Aber es gab auch Gebäude, die der Allgemeinheit offen standen und mit exklusiven Geschäften lockten. Ich entdeckte nacheinander eine Zuckerbäckerei, eine Galerie und eine Buchhandlung und flanierte weiter.

In diesem Moment befiel mich das gleiche unheimliche Gefühl wie schon an diesem Morgen – ich hatte eine Eingebung, die sich in meinem Kopf festgesetzt hatte. Ein Bild drängte sich mir auf, ein Gesicht, erst schemenhaft, dann immer deutlicher werdend, bis ich erkannte, dass es eine Zeichnung sein müsste. Ich muss das Bild achtlos im Vorbeigehen aufgeschnappt haben. Ich blieb stehen, drehte mich um, ging ein paar Schritte weiter, blieb wieder stehen. Plötzlich wusste ich, wo ich das Bild gesehen hatte. Ich eilte zu der Galerie zurück, zwischen der Buchhandlung und der Zuckerbäckerei. „Galerie Othmar Pasko“ hieß sie. Im Schaufenster – nicht prominent, sondern in der hinteren Reihe links oben platziert – fand ich die Zeichnung. Es war ein sitzender Akt, die nackten Schultern des Mädchens waren skizziert, der Rumpf nur angedeutet, das Gesicht, das den Betrachter scheu ansah, aber war unverkennbar das der toten Sarah. Ich betrat das Geschäft und erhielt schnell eine Auskunft. Es war eine Zeichnung von Gustav Lindt.

Sarah. Lindt! Jetzt verstand ich. Das war die Verbindung zu dem Mädchen mit den kurzen Haaren: Sie verfolgte den Leidensweg ihrer Freundin aus dem Schtetl. Wollte sie so den Mörder finden und ihre Freundin rächen? Welch ein seltsamer Plan. Aber wenn das ihr Plan war, dann schwebte sie in höchster Gefahr.

Ich rannte auf die Straße und hielt einen Einspänner an. Ich hatte dazu gelernt, in Wien darf man nicht zimperlich sein. Ich stellte mich ihm in den Weg, und die Droschke kam kurz vor mir zum Halten. Der junge, kaum 20 Jahre alte Kutscher mit staubigem Gesicht beschimpfte mich wüst und wurde erst still, als ich ihm meinen Ausweis auf die Nase drückte. Ich setzte mich neben ihm und holte als Anregung einige Münzen aus meiner Tasche. „Das ist ihr Glückstag. Heute dürfen Sie so schnell fahren wie Sie wollen – mit Genehmigung des Kaisers!“

Der Junge nahm das Geld und schaute mich unsicher an. „Wirklich? So schnell ich will?“
„Mit der Genehmigung des Kaisers. Ich bin sein Kommissar.“
Leider kannte er das Haus mit der Blumenfassade nicht, aber ich konnte ihn den kleinen Park davor beschreiben. Er dachte kurz nach und fuhr mit wachsender Begeisterung los. Zuerst dachte ich, „Tschopperl“ sei der Name seines Pferdes, aber nun vermute ich, dass es eine Wiener Beleidigung ist, „Schastrommel“ hatte er Frauen vorbehalten.
„Schleich di, Tschopperl! Schleich di, schiache Schastrommel!“
So ging es in einem fort, bis wir nach einigen Minuten das Haus erreicht hatten. Ich vereinbarte mit ihm, dass er auf mich wartet, und versprach ihm mehr Geld. Ich sprang die Treppen hinauf, wurde aber oben von einem Mann angehalten. Offenbar hatte Brunner oder wer auch immer den Hausmeister seit meinem letzten Besuch ausgetauscht, dieser nun war hochgewachsen und athletisch. Ich zeigte ihm meinen Ausweis, aber er schubste mich unbeeindruckt weg und drohte mir. Ich setzte ihm ein Ultimatum, aber er ließ sich nicht beirren. Da er ein Kopf größer war, begann ich mit einem direct auf sein Zwerchfell.
„Bravo, Herr Kommissar! Bravo, bravo, bravo!“ Mein junger Kutscher klatschte begeistert. Der Hausmeister schnappte nach Luft, war aber nur kurz überrascht, er hatte wohl leider eine militärische Ausbildung, anders als die minderjährigen Ganoven, mit denen ich es in Lemberg zu tun hatte. Er griff mich erneut an und versuchte mich mit seiner Körpergröße aus dem Gleichgewicht zu bringen. Ich beschloss, die Treppen wieder abzusteigen, um ihn nicht ernsthaft an den Steinstufen zu verletzen. Das ermutigte ihn, er ließ in der Verfolgung seine Deckung fallen. Ich verpasste ihm erst mit meinem linken Bein eine fouetté an das Kinn, zwei schnell ausgeführte uppercuts taten das Übrige. „Bravo! Bravo!“ tönte es hinter mir. Ich ließ dem Mann ein wenig Zeit, zu sich zu kommen, und erklärte ihm seine missliche Lage. Schließlich willigte er ein, mich durch das Haus zu führen.
Das Zimmer der toten Sarah war leer. Nur ein gepackter Koffer stand rechts der Tür.
„Wohnte hier das Mädchen mit den kurzen Haaren?“
Der Wachmann nickte zögerlich.

„Sie hieß Anna.“ Ein Mädchen aus einem Nachbarzimmer hatte sich in den Flur getraut.
„Wo ist sie jetzt?“
Das Mädchen zuckte mit den Schultern.
„Sie hat das Haus vor zwei Stunden verlassen. Sie wurde mit einer Kutsche abgeholt.“ Der Wachmann hatte seine Sprache wiedergefunden.
„In einem weißen Kleid?“
„Ja. Bekomme ich jetzt Ärger? Verhaften Sie mich jetzt? Ich bin erst den zweiten Tag hier und hatte Anweisung, niemand hineinzulassen.“
Ich versicherte ihm, die Sache auf sich beruhen zu lassen, wenn er die Mädchen gut behandelt und Anna zu mir auf das Präsidium bringt, sollte sie zurückkehren. Der Wachmann schüttelte mir dankbar die Hand. Seine Lippen bluteten und hatten seine Finger verschmiert. Ich entschuldigte mich bei ihm.
Mein Kutscher fuhr sofort los. Er hatte in meiner Abwesenheit eine Idee entwickelt. Er bräuchte Hilfe bei einem missliebigen Konkurrenten, dafür würde er mich auch den ganzen Tag umsonst fahren. Ich lachte, steckte ihm weitere Münzen zu und gab das neue Ziel an: das Gartenhaus des Künstlers Lindt. Zu meinem Erstaunen kannte er es.
„Wer kennt den nicht? Den hat schon jeder einmal gefahren.“
In Kürze waren wir vor dem Haus und bogen in die Einfahrt ein.
„Gibt es wieder einen schönen Rabatz zu sehen?“
„Ich glaube diesmal nicht.“
Nach zweimaligen Klingeln öffnete ein livrierter Diener. Ich musste diesmal keine Gewalt anwenden. Mein Ausweis zeigte Wirkung, der Diener antwortete ohne Umschweife, wenn auch zögerlich. Weder das Mädchen aus Lemberg noch Lindt waren anwesend. Aber ich konnte seine stammelnden Worte schnell deuten. Lindt war bei einer „Madame“ in einem Modegeschäft auf der Suche nach neuen Modellen. Er war also im Kleidersalon.

Nun mussten wir in die Altstadt. Die Sonne war untergegangen, und schnell versank Wien in Dunkelheit. Die Lichter der Laternen und Schaufenster huschten vorbei. Immer größer werdende Menschenmassen bremsten unsere Fahrt. Mein Kutscher sah wohl seinen Bonus schwinden und steigerte sich von Gasse zu Gasse in einen Rausch. Er trieb sein Pferd an und belegte kreuzende Passanten mit wüsten Flüchen. Verstanden habe ich „Du Oaschgeign!“ und „Du Oaschgfries, gschissenes!“. Aber er hatte viele weitere und weitaus derbere parat, jedes Mal untermalt von seiner Peitsche, die er gekonnt in der Luft knallen ließ. Wir erreichten den Graben. Die Kutsche flog über das Pflaster und knallte in kurzen Abständen auf, fast hätte ich meinen Koffer verloren. Er bremste und hatte Mühe, sein aufgepeitschtes Pferd zu zäumen. Stolz nahm er erneut seinen Lohn in Empfang, der tiefen Verbeugung nach zu urteilen, war sie angemessen. Ich schnappte meinen Koffer.

Bei meinem ersten Besuch war mir nicht aufgefallen, dass die Fassade des „Kleidersalon“ abweisend wie eine Festung war – die kleine Tür war der einzige Zugang, die zwei Fenster zur Straßenseite waren zugemauert. Die Tür war zu meiner Verwunderung aber nicht verschlossen. Ich trat ein und blickte in dem Empfangssaal auf eine Gruppe unbekleideter Mädchen, die auf dem erleuchteten Podest an der Stirnseite auf- und abliefen. In der Mitte des Raumes stand diesmal nur ein Sessel, die anderen Sitzgruppen waren entfernt worden. Auf dem Sessel im Halbdunkel saß unverkennbar Lindt, einen Champagner-Kelch haltend, im Gespräch mit „Madame“. Die Mädchen entdeckten mich zuerst und rannten erschrocken kreischend aus dem Raum. Madame kam erbost auf mich zu, nur Lindt schien meine Anwesenheit nicht zu stören. Er steckte sich eine Zigarre an.
„Was wollen Sie hier?“ fragte Madame. „Wir haben noch nicht geöffnet. Ich werde Sie anzeigen, wenn...“
Madame war mir inzwischen so nahegekommen, dass sie meinen Ausweis erkennen konnte.
„Ach, Sie sind es! Sie waren doch schon einmal hier?“
„Ich will Herrn Lindt sprechen.“
Madame machte keine Anstalten, mich aufzuhalten, und wich zur Seite.
„Wo ist Anna?“
Lindt tat so, als ob er schwerhörig wäre. „Wer?“

„Das Mädchen mit den kurzen Haaren, das Sie die vergangenen beiden Abende begleitete."
Lindt sah mich mit großen Augen an. „Das ist eine gute Frage. Wo ist das Mädchen mit den kurzen Haaren?" Er zog an seiner Zigarre. „Vielleicht bei ihrem Coiffeur? Das könnte sein." Er deutete theatralisch mit seinen Fingern eine Schere an und setzte eine bedeutende Miene auf. „Das ist eine gute Frage. Haben Sie noch mehr davon? Ich liebe Fragen."
„Was machen Sie hier?"
„Ich bin auf der Suche nach neuen Modellen mit originellen Haarschnitten."
„Dies ist ein Freudenhaus. Das wissen Sie."
„Wenn Sie das sagen. Ich warte auf Ihre Fragen."
„Noch einmal: Was machen Sie hier?"
„Wie gesagt, ich bin auf der Suche nach Modellen. Ich bin Künstler. Das ist nicht verboten."
„Sie zu quälen und umzubringen schon."
Lindt schaute mich fragend an, dann wandte er sich an Madame. „Wer ist dieser Mann?"
„Ein Inspektor aus Lemberg. Er war heute in der Zeitung gestanden."
„Lemberg! Wachtel! Rychter! Große Künstler! Die kennen der Herr Inspektor aus Lemberg, der es so schnell in die Zeitung geschafft hat, dann hoffentlich auch. Oder, Herr Inspektor?"
„Ich stelle hier die Fragen. Kennen Sie die Galerie am Parkring?"
„Othmar! Sicherlich!"
„Dort hängt im Schaufenster die Zeichnung eines Mädchens."
„Ja, ich habe Othmar ein paar Skizzen geschenkt – nichts Bedeutendes. Aber er war mir immer wohlgesonnen." Er nahm einen Schluck Champagner. „Othmar, ich stoße auf Dich an!"
„Das Mädchen ist tot. Waren Sie der Mörder?"
Lindt zuckte zusammen und schaute ratlos zu Madame. „Hören Sie. Ich zeichne diese Mädchen. Ich weiß nicht, wer Sie sind und was Sie von mir wollen. Ich schlafe nicht mit diesen Dirnen. Ich schlafe nur mit Frauen, die mich dafür bezahlen, dass ich sie male. Das ist schon genug!" Er prustete und verschüttete seinen Champagner. „Madame,

gießen Sie nach!" Er drehte sich zu mir um. „Diese Mädchen hier sind nur billiges Material für meine Studien. Aber stellen Sie sich vor: Ich muss für sie bezahlen! Das ist der Skandal, Herr Inspektor! Die reichsten Frauen Wiens bezahlen mich, damit ich mit ihnen schlafe. Und ich muss hier in dieser dunklen Kuhle sitzen wie eine Ratte ungewaschene Dirnen finden, damit ich nicht vergesse, wie schöne Frauen aussehen. Das ist der wahre Skandal! Schreiben Sie das auf, Herr Inspektor." Er sah mir in die Augen und prustete erneut los. „Ich, Lindt, muss für diese dummen Tschuschen-Maderln bezahlen!"
„Und bringen Sie dann um."
„Umbringen? Wie soll ich das machen? Mit meinem Pinsel?" Lindt lachte wie von Sinnen laut bellend los, bis er keinen Atem mehr bekam. „Mit meinem Pinsel! Madame, wo bleibt der Champagner?"
„Das Mädchen mit den kurzen Haaren ist auch verschwunden. Sie wurde mit Ihnen das letzte Mal gesehen."
„Das Mädchen mit den kurzen Haaren? Ich erinnere mich. Hören Sie mir zu: Ich weiß nicht, wo sie ist. Wie hieß sie noch? Madame, wie hieß sie noch? Anna?"
Madame antwortete nicht.
„Anna? Egal. Sie war plötzlich weg. Und sie hat mich bestohlen. Aber ich bin nicht nachtragend. Fragen Sie doch Madame, wo sie sich versteckt. Von ihr habe ich sie ja bekommen. Immerhin war sie gebadet und stank nicht nach Arbeit."
Madame war während unseres Gesprächs zunehmend unruhig geworden, was mir erst jetzt auffiel. Wie bei meinem ersten Besuch schien sie den Gang ins Hinterhaus verdecken zu wollen. Als sie Lindt Champagner einschenkte, fiel mein Blick wieder auf die kleine Tür.

Ich stürmte los – den dunklen Gang entlang, dann die schmale Stiege hoch in den ersten Stock, Ich öffnete alle Türen bis ans Ende des Ganges. Überall verängstigte Mädchen, die auf Freier warten mussten, Madame hatte ihr Etablissement wirklich noch nicht geöffnet. Auch in dem Zimmer, in dem Sarah getötet wurde, saß zitternd ein Mädchen auf der Bettkante. Aber nirgendwo fand ich Anna. Ich überlegte und sah mich um. Erst dann fiel sie mir auf – am Ende des Ganges

befand sich eine kleine Tür, kaum schulter hoch. Bei meinem letzten Besuch war sie verschlossen, jetzt stand sie angelehnt. Ich öffnete sie und entdeckte eine Treppe. Im Dunkeln tastete ich mich nach unten und befand mich in einem kurzen Gang. Am Ende sah ich eine Tür, einen Spalt breit offen, aus dem flackerndes Licht fiel. Ich rannte auf sie zu und stieß sie auf. Was ich sah, hatte ich schon einmal vor meinen Augen gesehen: ein Folterkeller voller Spiegel und Ketten. Exakt so hat der Raum, in der Sarah ermordet wurde, ausgesehen, bevor er umgebaut wurde. In der hinteren Ecke stand das Bett. Das Laken war blutüberströmt. Von Anna keine Spur. Ich rannte wieder hinaus.
Nun warf das offene Zimmer Licht in den Gang und ich sah ich eine kleine Tür, die ich vorher übersehen hatte. Ich öffnete sie und stand in einem Hinterhof.
Die Festung hatte einen Hintereingang.

Wien 8. Dezember

Ich darf nichts vergessen.
Geriega. Kerieka.
Was kann das nur bedeuten?

20. Kapitel

Die Ereignisse überschlugen sich in diesen unheilvollen Dezembertagen kurz vor Mariä Empfängnis. Viele Wiener Bürger – und auch nicht wenige unserer Leser, wie ich den zahlreichen Zuschriften, die ich auf meinen Artikel zugesandt bekam, entnehmen durfte – konnten mit der Rasanz der vielen, teils höchst widersprüchlichen Nachrichten, die auf uns alle einprasselten, nicht mehr Schritt halten. Gerüchte verdichteten sich zu Gewissheiten, die vermeintlichen Gewissheiten erregten

Zorn und Empörung – ja, bis zur Raserei. Eine ganze Stadt jagte einen Mörder!

Deshalb sei mir an dieser Stelle ein Zwischenruf gestattet. Denn an diesem so folgenschweren Dezembertag ereigneten sich einige Begebenheiten, die jeder kennen sollte, der sich ein klares Bild der damaligen Geschehnisse machen will. Ja, es stimmt: Ferdinand Brunner war – neben diesem liederlichen Subjekt, das ich später als Adam Schick identifizieren konnte – der letzte, der unseren wackeren Polizeiagenten Ignaz Ritter von Piechlan, den Träger der Bronzenen Jubiläums-Erinnerungsmedaille für die bewaffnete Macht und die Gendarmerie, lebend gesehen hatte. Und es stimmt: Die Leiche dieses so unerschrockenen Kämpfers für das Recht wurde dank meiner Recherchen später im Fundament von Brunners herrlichem Geschenk an seine Stadt Wien gefunden – der Sternwarte, die heute noch weithin sichtbar hoch oben thronend seinen Namen trägt! Aber ich, der Sänger dieser Tragödie, frage Sie, meine verehrten Leser: Macht das Ferdinand Jodok Alois Brunner schon zu einem gemeinen Mörder? Vor unseren Gerichten gelten ausnahmslos alle – Alle! Vom Halunken bis zum ehrbaren Bürger – vor ihrer rechtskräftigen Verurteilung als schuldlos. Sollte dieses heilige Recht nicht auch in unseren Zeitungen und auf den Straßen unserer Stadt gelten? Dürfen wir voreilig urteilen, wenn kein Gericht auf der Welt Ferdinand Brunner je angeklagt hat? Den Zweiflern möchte ich hier an dieser Stelle – erstmals und exklusiv – ein weiteres Detail enthüllen. Dieses Detail wird Brunner in den Augen der wahren Richter, vor Ihnen, der Öffentlichkeit, womöglich entscheidend entlasten: Ferdinand hatte an diesem Tag ein weiteres Treffen, von dem bis heute noch niemand erfahren hat.

Ignaz Ritter von Piechlan und sein undurchschaubarer Kompagnon waren zufrieden von dannen gezogen, und Ferdinand hatte sich, einer Gewohnheit folgend, vor dem Mittagsmahl in sein Arbeitszimmer zurückgezogen, als ihm erneut unangemeldeter Besuch angekündigt wurde. Seine düsteren Vorahnungen vom Vormittag bestätigten sich. Es waren wieder zwei unerwünschte Gäste, dieses Mal zwei ihm entfernt bekannte, die Herren Novak und Steiner.

Wer waren die beiden, wo kamen sie her? Es ist bis heute ein Mysterium. Von dem zweiten kennen wir nun immerhin den Nachnamen – Steiner, Peter Steiner. Beide waren gleich gekleidet, wohl auch vom gleichen Jahrgang, beide waren dunkelblond mit kurzer, unauffälliger Frisur, trugen einen kunstlosen, wenig gepflegten Oberlippenbart, zu ihren Anzügen Krainer Filzhüte und schon damals sehr altmodische Schals. Man hätte sie für Brüder halten können. Der größere von beiden wurde mir als ein wenig korpulenter beschrieben, der andere als der Wortführer. Aber wie sind sie so weit gekommen, von Brunner empfangen zu werden? Seine Frau Emilie hat das Duo von Anfang an mit einer dunklen Vorahnung beobachtet, wahrscheinlich wegen ihrer Ausdrucksweise, die zu deutlich nach Ratzenstadl klang, wie sie mir gegenüber später freigiebig zugab. Sie war aber anfangs arglos, schließlich hatte sie in ihrem Domizil bereits die unterschiedlichsten Menschen empfangen und kennen lernen müssen – ihr Mann war immerhin der Gründer der Philanthropischen Gesellschaft, er warb unermüdlich um Mitglieder. Jeder wurde willkommen geheißen, so er den Mitgliedsbeitrag, der die Gesellschaft trug und so wohltätige Zwecke wie das Internat für bedürftige Mädchen dotierte, aufbringen konnte. Binnen kurzer Zeit hatte die Gesellschaft die stattliche Zahl von 750 Mitgliedern erreicht, ausschließlich Mitglieder, die bis heute die Wiener Gesellschaft repräsentieren – vom ehrbaren Kaufmann am Kornmarkt über den Inzersdorfer Fabrikanten bis zum in zweiter Generation geadelten Militär. Novak und Steiner fielen in diesem Kreis freilich früh auf. Emilie erinnerte sich mir gegenüber, dass ihr Mann die beiden ihr einmal als „Vorstandsmitglieder“ der Vereinigung vorstellte. Aber ihr war damals schon bewusst, dass diese Gestalten niemals in ihrem Leben hätten genug verdienen können, um auch nur einen Monatsbeitrag der Gesellschaft leisten zu können. Sie erinnerte sich zudem dunkel, dass sie die beiden das erste Mal sah, als sie die Garderobe bei der 1. Jahresversammlung der Philanthropischen Gesellschaft im Kongresssaal bewachten – der einzigen Veranstaltung der Gesellschaft, der sie jemals beiwohnte.

Auch wenn wir diese Zusammenhänge wahrscheinlich nie für unsere

Leser befriedigend auflösen können, möchte ich hier vorerst festhalten: Die beiden unwürdigen Gestalten wurden an diesem denkwürdigen Tag von Brunner empfangen, das ist sicher. Über das Gespräch konnte Emilie mir allerdings nicht viel berichten, es fand hinter geschlossenen Türen statt, aber es wurde schnell laut. So laut, dass Emilie an einem Punkt sogar überlegte, die Gendarmerie zu rufen. Aber dann öffnete sich plötzlich die Flügeltür, und Novak und Steiner verließen wortlos das Anwesen. Emilie fand ihren Ehemann verstört vor seiner Modellstadt versunken sitzend vor. Da er apathisch all ihre Fragen ignorierte, zog sie sich zurück, um in der Villa eine lang an diesem Abend geplante Vernissage vorzubereiten.

Wien 8. Dezember

Bibi hat sofort mein blutiges Kleid entdeckt. Ihre erste Reaktion war, mich zu verarzten. Nachdem ich ihr sagte, dass es mir gut geht, ist sie losgezogen, das „schöne Kleid“ zu reinigen. Sie hat aber nach kurzer Überlegung nur die Unterwäsche mitgenommen.

Ich darf jetzt nicht einschlafen. Ich darf kein Detail vergessen! Welch ein grässlicher Tag war das in diesem schrecklichen Kleidersalon. Das Haus hat so viele Flure und Räume. Und es gibt dort einen Raum ohne Fenster, in den hat mich Madame geführt. Dort musste ich auf einem Bett warten. Ich saß dort bestimmt eine halbe Stunde. Dann ein Geräusch aus Richtung der Tür. Auch wenn meine Augen sich an die Dunkelheit gewöhnt hatten, konnte ich nur durch den Lufthauch eine Bewegung spüren. Jemand näherte sich mir von hinten, von der Größe her ein Mann. Ich hörte eine dunkle Stimme. Immer wieder flüsterte sie, immer näherkommend, am Ende direkt in mein Ohr etwas, das wie „geriega“ oder „kerieka“ klang. Ich weiß nicht, was das bedeutet. Er nannte mich „argentinisches Täubchen“, streichelte über mein Kleid und fragte mich, ob er mich mitnehmen solle. Er erwähnte einen Ort, genau, Buenos Aires. Liegt das nicht in Südamerika?

Ich höre Stimmen, vielleicht kommt Adam zurück.

Nachtrag

Oder sagte er „Keriega?“ Wo bleibt bloß Adam? Er wird es wissen! Ich glaube, ich höre jetzt seine Schritte.

Wien 9. Dezember

Ich bin mir sicher, dass der Mann in dem Raum auch Annas Mörder war. Hätte ich doch nur gewagt, mich umzudrehen. Aber es war sehr dunkel in dem Raum. Es war stickig. Ich wurde müde. An den Wänden hingen große Spiegel und eine Kette mit Handschellen. Am Kopfende des Bettes waren Lederriemen in verschiedener Länge angebracht. Jetzt erinnere ich mich besser: Ich sah in einem der Spiegel, wie der Schatten schnell durch die angelehnte Tür huschte. Der Mann musste den Raum gut kennen. Bevor ich reagieren konnte, hatte er sich hinter mir auf dem Bett aufgebaut. Er fragte mich immer wieder Dinge, die ich nicht verstanden habe. Ich antwortete auf seine Fragen immer nur mit „Ja“, wie Madame es wollte. Er stoppte seine Fragerei und schwieg eine Weile. Dann begann er schwer zu atmen. Er wiederholte ständig dieses „Kerieka!“, dann wurde er lauter, begann zu murmeln und laut zu stöhnen. Schließlich fragte er mich, ob ich ihm immer gehorsam sein würde. Ich wollte antworten, aber plötzlich spürte ich etwas wie einen Riemen um meinem Hals. Er zog immer fester. In dem Moment war ich mir sicher. Er musste Annas Mörder sein. Ich tastete mit meiner Linken nach meinem schönen Rasiermesser, das ich im Strumpf versteckt hatte, und stach zu. Leider konnte ich ihn in der Drehung nicht richtig treffen. Ich vermute, die Klinge drang in seinen Bauch. Er schrie auf, sprang vom Bett und dann stolpernd aus dem Zimmer. Ich saß noch eine Minute auf dem Bett, bevor ich ihm hinterherrannte. Ich entdeckte eine geöffnete Tür, die in einen Hinterhof führte, aber von dem Mann war keine Spur. Der Hinterhof hatte einen schmalen Ausgang zur Straße hin. Dort sah ich eine Kutsche, mit einem sehr jungen Fahrer, der mich ohne Verwunderung aufnahm. Er kannte sogar mein Wohnhaus und sagte nichts, als ich aus dem Park mit meinen Habseligkeiten kam. Mit hoher Geschwindigkeit raste er dann zu Adams Wohnung.

Habe ich etwas vergessen? Ich darf kein Detail vergessen. Des Gerechten wird nimmermehr vergessen.

Nachtrag

Adam ist jetzt eine Stunde nach meinem letzten Eintrag eingetroffen. Er wirkte nicht glücklich, mich zu sehen. Er musste aber kurz lachen, als er sah, dass ich Bibis Kleider trug. Ich habe ihm alles erzählt. Er hörte mir kopfschüttelnd zu. Er weiß einfach alles! Alles!!! Er meint, dass das komische Wort „kerieka“ Spanisch sei. Er vermutet, dass es so viel wie „Wie schön!“ bedeutet. Ich musste ihm dann alle Details bestimmt zehnmal erzählen. Er wurde immer nachdenklicher. Er erzählte mir von seinem Tag, von dem Treffen mit einem Unternehmer, den er am Morgen besucht hatte. Ist es nicht seltsam? In der Villa stand ein riesiges Modell von einer Siedlung in Buenos Aires (wie ich vermutet habe, eine Stadt in Südamerika), die wohl einen großen Eindruck auf Adam gemacht hat. Dort war auch ein Kompagnon des Unternehmers, der immer klatschend um das Modell lief und „kerieka!“ rief. Adam will noch in dieser Nacht meinen Koffer aus dem Haus holen. Er ließ sich von seinem Plan nicht abbringen.

Ich kann bei den beiden erst einmal bleiben. Adam geht nach wie vor davon aus, dass ich nun nach Lemberg zurückkehren werde. Von meinem vielen Geld habe ich ihm nichts erzählt.

Bibi ist zurück, sie konnte so spät niemanden finden, der die Wäsche reinigt. Adam hat das Kleid an sich genommen und ist ziemlich schnell von dannen gezogen. Bibi kocht jetzt für mich. Sie hat ein paar Ideen, wie sie mir mehr Busen verleihen kann, damit ich in ihren Kleidern nicht so dürr „wie ein Ast“ aussehe. Sie will mich in all ihre Geheimnisse einweihen, sagte sie und hüpfte begeistert von ihrer Idee von einem Bein aufs andere.

21. Kapitel

Ich hatte gehofft, auf der Straße noch meinen jungen Kutscher zu finden, aber der war bereits über alle Berge. Ich musste mir einen Weg durch die Betrunkenen bahnen, bis ich einen Fiaker anhalten konnte. Ich starrte den Fahrer lange an, als er mich fragte, wohin ich wolle. Ich wusste es nicht. Wohin sollte ich jetzt? Er hielt mich für einen Trunkenbold und wollte mich wieder loswerden. Ich musste ihn mit viel Geld bestechen. Schließlich ließ ich mich in das Polizeipräsidium fahren.

Dort herrschte aufgeregtes Treiben, aber niemand schien mich zu beachten, als ich in mein Zimmer schlich. Unschlüssig stand ich vor meinen Habseligkeiten – die Tafel voller Notizen, mein aufgeklappter Koffer auf dem Tisch. Mein Mantel an der Garderobe. Das Licht flackerte. Das Mädchen, das Zimmer. Das Blut. Was war vorgefallen? Wo war sie? Lebt sie noch? Mit wem hat sie sich getroffen? Welche Rolle spielt Madame? Ich begann leise vor mich hin zu murmeln. Weise mir deinen Weg, dass ich wandle in deiner Wahrheit. Seltsam, dass mir der Spruch jetzt wieder einfiel. Ich ging so vielleicht eine halbe Stunde unruhig im Raum auf und ab, dann setzte ich mich und schlief ein.

Ein wilder Traum weckte mich. Ich träumte von einem königlichen Ball, wie ich ihn einmal als Junge auf einem Gemälde gesehen hatte. Alle Frauen trugen weiße Kleider, nur ein Mädchen fiel aus der Reihe: Ihr Kleid war rot. Ich dachte über meinen Traum nach. Die Tote im Ballkleid, diese Anna in dem Kleidergeschäft für Ballmode? Trug sie auch so ein Kleid? Wohin kann sie fliehen in einem solchen Kleid? Wenn es blutig ist?

Ein Geräusch weckte mich. Im Präsidium herrschte nächtliche Ruhe, es wird gegen vier Uhr morgens gewesen sein. Das Geräusch kam vom Gang. Ich spähte hinaus, konnte aber niemanden entdecken. Ich nahm meinen Mantel und meinen Koffer und eilte aus dem Präsidium. Um diese Uhrzeit war es unmöglich, eine Kutsche zu bekommen. Aber den Weg zum Blumenhaus konnte ich nun auswendig, ich schätzte, ich würde schnellen Schrittes eine halbe Stunde brauchen. Ich war nur bis zur ersten Kreuzung gekommen, da bemerkte ich, dass mir jemand folgte. Das war keine Kunst, um diese Uhrzeit waren nur wir beide unterwegs. Aus den Augenwinkeln konnte ich ihn erkennen, er war in Zivil, von kleiner, aber kräftiger Statur. Mit meinem Koffer konnte ich ihn sicherlich nicht abhängen. Ich beschloss einen Umweg zu gehen und bog vom Ring in die Gassen der Innenstadt, in der Hoffnung, dass er mich in den dunklen Winkeln verlieren würde. Ich schlenderte auffällig langsam und zwang auch ihn, sein Tempo zu verringern. Mein plötzlicher Schlenker überraschte ihn. 300 Meter Abstand waren auf dem Ring angemessen, im Alsergrund zu viel. Ich begann zu rennen, als er mich nicht sehen konnte, bog zweimal ab und fand ein offenstehendes Tor zu einer Meierei, durch das die Bauern ihre Milch anlieferten und auf dem trotz der frühen Stunde geschäftig-unübersichtliches Treiben herrschte. Das große Gelände hatte wie vermutet eine zweite Zufahrt auf der gegenüberliegenden Seite. Ich eilte wieder in Richtung Ring, verharrte kurz im Schatten einer Einfahrt auf einer dunklen Kreuzung, die mir einen weiten Blick erlaubte, und stellte zufrieden fest, dass ich weit und breit alleine war.

Der bullige Pförtner in der Loge des Blumenhauses war nicht überrascht, mich wieder zu sehen, und machte keine Anstalten, mich aufzuhalten, rief mir aber etwas hinterher, das ich in der Eile nicht verstand. Ich eilte die Treppenstufen hoch. Durch den Türrahmen sah ich Licht. Ich nahm meine Waffe und lauschte. Ich hörte nur leises Rascheln. Ich stieß die Tür auf und rief „Polizei!“. Im Raum stand Alfred mit seinem Fotoapparat, den er auf ein Stativ montiert hatte. Auf dem Bett lag ein blutiges Kleid.
„Wir sind beide zu spät dran, Herr Kommissar“, sagte Alfred.
„Gehen Sie sofort zur Seite! Haben Sie das Kleid auf das Bett gelegt?“
„Es lag da, als ich reinkam.“
Ich öffnete mein Koffer und besprühte mit einem Flakon das Bett. Alfred sah staunend zu. „Luminol?“
„Ja, da ist Luminol drin. Vermischt mit Wasserstoffperoxyd. Das macht das auch kleinste Blutspuren sichtbar.“

Ich besprühte auch den Bettrahmen und den Beistelltisch. Alfred hatte sich gesetzt und machte sich Notizen. „Ich glaube, ich habe gerade alles zusammen für meinen nächsten Artikel, der hoffentlich genauso erfolgreich wird wie der letzte. Hat Ihnen mein Foto gefallen?"
Wir waren alleine, es gab keine Zeugen. Ich war kurz versucht, ihn hinauszuprügeln und seine Kamera hinterher zu werfen. Aber zu seinem Glück war ich schnell wieder abgelenkt. Denn ich fand keine Blutspritzer in der Umgebung. Die Bettwäsche war ein wenig blutig, aber den Streifen nach zu urteilen sah es so aus, als ob jemand das Kleid mehrmals darüber gezogen hatte. Die Lage des Kleides wirkte so, als ob man das Kleid hier finden sollte. Ein Magnesiumblitz erinnerte mich, dass Alfred noch im Raum war und fotografierte. Eine Rußwolke nebelte ihn ein.
„Lassen Sie das, ich sichere hier Spuren! Und noch einmal: Haben Sie hier etwas angefasst?" „Nein, glauben Sie mir. Ich bin auch erst ein paar Minuten vor Ihnen gekommen. Fragen Sie den Portier. Hier lag alles so wie jetzt."
„Hat der Portier Sie reingelassen?"
Alfred nickte und deutete mit einer Handbewegung an, dass er Geld gezahlt habe. „Das öffnet alle Türen."
„Hat der Portier Ihnen gesagt, wer hier heute alles drinnen war?"
„Nein."
„Dann werde ich ihn fragen."

Ich packte meinen Koffer und ging. Alfred folgte mir. Am Eingang des Hauses war weit und breit niemand zu sehen. Der kleine Raum des Pförtners stand offen, es brannte Licht, seine Jacke war verschwunden. Offenbar hatte er das Haus in großer Eile verlassen.
„Ich muss weiter, damit meine Geschichte es in die Abendausgabe schafft. Auf Wiedersehen, Herr Inspektor."
Ich beachtete Alfred nicht weiter, und er zog von dannen.

Aus den vielen Zuschriften, die die Redaktion in den vergangenen

Tagen erreicht haben, lässt sich auch ablesen, dass besonders eine Gestalt – die wir bislang nur am Rande erwähnt haben – die Phantasie unserer Leser entfacht hat. Es ist, Sie haben es sicher erraten, Adam Schick, der undurchsichtige Begleiter des Polizeiagenten Ignaz Ritter von Piechlan bei dem mysteriösen Besuch im Hause von Ferdinand Brunner. Wer ist dieser Adam Schick? Ein gewöhnlicher Krimineller? Oder ein der Anführer eines Syndikats? Woher kommt er? Hat er den allseits geachteten Polizeiagent Ritter Piechlan erpresst? In welcher Beziehung standen die beiden? Ist Adam Schick womöglich sogar für den Mord an der Debütantin verantwortlich, hat er gar Piechlan ermordet?
Diese delikaten Fragen berühren, ohne hier allzu sehr vorgreifen zu wollen, äußerst intime Details aus dem Leben unseres Protagonisten, weshalb der geneigte Leser es sicherlich verstehen wird, dass ich die Beantwortung nur mit äußerster Vorsicht zu wagen vermag. Ich habe mich von daher entschlossen, einen eher unüblichen Weg zu gehen.

Im Rahmen meiner Recherchen, die dazu führten, dass dieser aufsehenerregende Mord an der Debütantin schließlich aufgeklärt werden konnte, hatte ich die Gelegenheit, diesen Adam Schick ausführlich zu verhören. Im Folgenden dokumentiere ich dieses Verhör – exakt so, wie es damals stenographiert wurde. Die Abschrift habe ich bereits den zuständigen Wiener Behörden übergeben und dafür viel Beifall erhalten. Ich hoffe, meine Leser werden es mit gleich großem Gewinn lesen und sich eine eigene Meinung bilden können.

Vorausgeschickt sei, dass Adam Schick unbestreitbar ein verurteilter Galizischer Verbrecher ist und seine Worte lediglich seine Version der Geschehnisse schildern, mit allen Auslassungen, Ausschmückungen und womöglich Verdrehungen der Tatsachen.

Protokoll der Vernehmung von Adam Schick
Buenos Aires, Maria Lichtmess

Können Sie sich kurz vorstellen? Wie heißen Sie, welchem Beruf gehen Sie nach?
Mein Name ist Adam Schick, ich komme aus der Nähe von Lemberg. Ich bin Handlungsreisender.

Sie sind Handlungsreisender? Um welche Geschäfte handelt es sich?
Alles was anfällt. Dort, wo ich her komme, kann man nicht wählerisch sein. Wir sind keine reichen Menschen.

Es heißt, Sie seien Schlepper und Zuhälter.
Nennen Sie es, wie Sie wollen. Ich bin viel herumgekommen und habe viele Kontakte. Ich habe Menschen nach Wien oder zur deutschen Grenze gebracht. Das ist nicht verboten. Aber das ist jetzt vorbei, ich habe hier ein neues Leben angefangen.

In Wien wurde eine junge Prostituierte ermordet...
In einem weißen Ballkleid...

Ja, die. Kannten Sie sie?
Sie hieß Sarah Ehrlich. Sie stammte aus einem kleinen Schtetl in der Nähe von Lemberg. Ich habe sie dort ab und an gesehen.

Haben Sie sie nach Wien gebracht?
Nein. Sie hat geheiratet und ist mit ihrem Ehemann nach Wien gegangen.

Ein Schlepper.
Ja, ein Schlepper. Das wussten alle.

Weshalb hat das niemand verhindert?
Er hat sicherlich viel Geld gezahlt. Geld, das die Familie dringend

brauchte.

Wusste diese Sarah, dass er ein Schlepper ist?
Wahrscheinlich. Aber vielleicht wollte sie es nicht wahrhaben. Viele junge Frauen träumen von einer besseren Zukunft in Wien oder anderswo. Ihnen wird viel versprochen. Auf Warnungen hören sie nicht.

Woher kannten Sie den Polizisten Ignaz von Piechlan?
Wir waren, wie soll ich es sagen, Geschäftspartner.

Das müssen Sie mir erklären.
Polizisten brauchen Informationen. Die liefere ich ihnen.

Gegen Geld?
Nein, ich musste ihn bezahlen, mal mit Geld, mal mit Informationen.

Weshalb?
Was für eine dumme Frage. Damit er mich nicht verhaftet!

Sie haben Ignaz von Piechlan also bestochen.
Wenn Sie es so nennen wollen. Viele Polizisten wollen Geld. Er war nicht der einzige.

Ich weiß, dass Sie gemeinsam im Dezember bei dem Unternehmer Ferdinand Brunner waren. Was wollten Sie von ihm?
Wir haben ihm ein Geschäft vorgeschlagen.

Sie wollten ihn erpressen.
Nein. Wir hatten Informationen, die wir ihm verkaufen wollten. Damit sie kein anderer kauft.

Was waren das für Informationen?
Das habe ich vergessen.

Denken Sie jetzt am besten einmal an sich! Sie haben hier die Gelegenheit, die Wahrheit zu erzählen. Das ist alles in ihrem Interesse. Sie haben mir gesagt, Sie wollen hier ein neues Leben beginnen. Das kann aber schwierig werden. Ich beschuldige Sie hiermit des Mordes an den Polizeikommissar Ignaz Ritter von Piechlan! Was sagen Sie jetzt?

Er ist tot? Gut. Dann ist es auch egal. Ich weiß nicht, was mit Ignaz geschehen ist. Das Treffen am Berg in dieser... Cottage? war das letzte Mal, das ich ihn gesehen habe. Er hatte sich für den Nachmittag mit dem Brunner verabredet. Sie wollten auf dem Berg oberhalb ein Grundstück ansehen, das Ignaz haben wollte. Das war sein Preis für die Informationen.

Und was war Ihr Preis?
Wir wollten uns abends mit diesem Brunner am Prater treffen. Ich wollte Geld für die Überfahrt für mich und meine Freundin nach Südamerika. Mehr nicht. Aber weder Ignaz noch Brunner kamen zu dem vereinbarten Treffpunkt. Dafür aber zwei Schläger, die offensichtlich nach mir Ausschau hielten. Das war offensichtlich. Die haben nach mir gesucht.

Aber nicht gefunden.
Da muss dieser Brunner schon bessere Leute schicken.

Gut. Noch einmal, was waren das für Informationen, die Sie Brunner verkaufen wollten?
Es ging um ein Haus, das ihm gehörte.

Ein Haus?
Ja, ein Haus mit Blumen an der Fassade, ich glaube im 9. Bezirk.

Was ist so besonders an dem Haus?
Es gehörte ihm, also dem Brunner.

Woher wussten Sie das?
Da muss ich ausholen. Wo soll ich anfangen? Also, da war dieser Polizist aus Lemberg. Sie kennen Ihn ja auch.

Jacob Adler?
Ja, Adler.

Kennen Sie ihn?
Er hat mich mehrmals verhaftet. Er war leider keiner von denen, die Geld nahmen.

Kannten Sie ihn gut?
Nur das, was man so in der Stadt erzählte. Er war ein seltsamer Vogel, ein wenig meschugge. Aber auch ein Guter, wenn ich das so sagen darf. Er hat mich immer wieder laufen lassen. So einer, der streng nach dem Gesetz geht. Aber irgendetwas stimmt mit ihm nicht.

Was meinen Sie?
Er ist Jude wie ich, macht aber Karriere bei der Kieberei, wo es sonst keiner von uns schafft. Und niemand kennt seine Familie, das ist seltsam. Als ob sie ihn verstoßen hätten. Und er kann boxen. Alles sehr seltsam, wenn Sie mich fragen.

Gut. Was hat nun Adler mit dem Haus zu tun?
Na, irgendwann tauchte er in Wien auf. Ignaz hatte ihn mitgenommen. Ich glaube aber, nicht freiwillig.

Piechlan hat Adler nach Wien gebracht?
Vielleicht wissen Sie es nicht: Ignaz, also Piechlan, wie Sie ihn nennen, war vorher in Lemberg. Er sollte wohl mit Adler den Mörder von Sarah finden, munkelte man. Ich habe die beiden gesehen.

Aber die Suche blieb ohne Erfolg.
Zumindest hat er einen Verdächtigen erschossen.

Wer? Wiederholen Sie das bitte. Wer hat einen Verdächtigen erschossen?
Ignaz hat – nachdem was ich gehört habe – in Lemberg einen Mann erschossen, Yegor. Das war ein feiner Kerl, glauben Sie mir!

Davon habe ich nie etwas gehört.
Das war wohl der Handel. Adler sagt nichts, und Ignaz nimmt ihn dafür mit nach Wien.

Gut. Adler ist jetzt also in Wien. Warum glauben Sie wollte Adler nach Wien?
Ich habe ja gesagt, der ist gut. Der wollte den Mörder von Sarah finden! Und der hat ziemlich schnell eine Spur zu dem Mord gefunden.

Das Haus?

Ja, das Haus mit den Blumen. Dort hat Sarah gewohnt. Ihr feiner Ehemann hat sie wahrscheinlich dort abgeliefert. Und wenig später war sie tot. Das Haus jedenfalls gehört Brunner. Das ist ein Fakt.

Woher wollen Sie das wissen?
Adler hatte die Vermutung zuerst, also die Idee, dass das Haus Brunner gehört, das hat Ignaz mir gesagt. Wie Adler darauf kam, weiß ich nicht. Der ist halt gut, sehr gut, der Adler. Ist zwei Tage in Wien, kann nicht einmal eine Droschke anhalten, und weiß plötzlich alles. Und dann hat er Ignaz gebeten, in dieser Tafel nachzuschauen, ob man das beweisen kann.

Sie meinen die „Landtafel".
Ja, so heißt das. Und das habe ich dann übernommen, also diese Bücher einzusehen. Ich kenne da jemanden, der in der Gonzagagasse arbeitet, und für ein bisschen Hilfe auch anderen hilft.

Gonzagagasse? Sie meinen, im Bezirksgericht in der Gonzagagasse?
Ja, da im Gericht.

Und was hat das gebracht?
Na, Brunner gehört das Haus wirklich. Das ist ein Fakt. Ich habe alles abgeschrieben und an einem sicheren Ort aufbewahrt. Ich kann das jedem zeigen!

Das ist aber noch keine Information, die man „kaufen" müsste – dass Brunner ein Mietshaus im 9. Bezirk gehört.
Ja, verstehen Sie mich nicht? Da wohnten nur Baana! So wie Sarah. Alles sehr junge Mädchen. Alle von weit weg. Ich bin mir sicher, dass keine dort freiwillig wohnen wollte.

Verstehe ich Sie richtig? Wissen Sie, was Sie da sagen? Sie sehen mir frech ins Gesicht und behaupten allen Ernstes, Brunner betrieb im 9. Bezirk ein Bordell?
Zumindest gehörte es ihm.

Und mit dieser „Information" sind Sie dann zu Brunner gegangen.
So in etwa war es wohl. Wir dachten, das könnte den Herrn Brun-

ner interessieren. Und Ignaz träumte von seinem Häusle. Da wo alle wohnen, die es geschafft haben, wie er sagte.

Ich unterbreche an dieser Stelle die Wiedergabe des Verhörs, das ich beinahe einen Tag lang mit diesem Subjekt führte und auf das ich noch an anderer Stelle zurückkommen werde, um den Leser die Möglichkeit zu geben, über das Ungeheuerliche dieser Vorwürfe nachzudenken. Was denken Sie über diese frechen Anschuldigungen? Lassen Sie es uns bitte wissen - wir werden jede Zuschrift getreulich lesen und Ihre Gedanken in unsere nächsten Artikel einfließen lassen.

---

22. Kapitel

Ich überlegte kurz. Welche Möglichkeiten hatte ich noch? Ignaz war verschwunden. In das Präsidium konnte ich nicht zurück. Wahrscheinlich würde mein Hotel jetzt auch überwacht, von wem auch immer. An den Polizeipräsidenten kann ich mich auch nicht wenden, der will mich seit gestern loswerden. Sicher war nur, dass mit Alfreds Artikel heute Abend mein kleines Geheimnis in ganz Wien bekannt ist. Ich starrte auf das Haus. In der Morgensonne glitzerten die mit einer Eisschicht überzogenen Blumenornamente. Wer hat das Kleid hierhergebracht? Was will derjenige damit bezwecken?
Dann kam mir ein Gedanke, vielleicht war das die Lösung. Ich schaute mich um. Wien erwachte langsam zum Leben. Ich musste nur kurz warten, bis eine Kutsche vorbeikam.

Der Eingang, die Treppen durch das parkähnliche Anwesen – bei meinem ersten Besuch kamen sie mir viel prunkvoller vor, wie ein deutsches Märchenschloss. Wahrscheinlich war der flackernde Fackelschein, der die Villa einmal kurz beleuchtete und dann sofort wieder ins Dunkle warf, dafür verantwortlich. Jetzt im fahlen Morgenlicht sah ich das Moos, das die Steinfugen sprengte, das verfaulende Laub, das die vereisten Stufen mit jedem Schritt in eine Stolperfalle verwandelte, und die Reste des Empfanges der Philanthropischen Gesellschaft, die achtlos auf den Rasen geworfen immer noch auf ihren Abtransport warteten, Weinflaschen, aufgerissene Kartonagen, bunte Bänder. Ich zögerte kurz und zog energisch mehrmals an der Glocke neben der Eingangstür.

Nach einer Weile öffnete ein Diener mit großen Augen. Er hatte sicherlich jemand anderes erwartet, fing sich nach kurzem Schreck wieder. Er war geschult im Abweisen von fremden Besuchern.
„Nein, Herr Brunner ist nicht zugegen. Ich kann Ihnen auch nicht sagen, wann er wieder kommt."
Ich zeigte ihm meinen Dienstausweis, aber auch der konnte ihn nicht beeindrucken. Ich ließ mich nicht abwimmeln und drohte ihm. Schließlich ertönte eine Frauenstimmer im Hintergrund. „Leo, lassen Sie den Herrn Kommissar eintreten."
Widerwillig löste der Diener umständlich das Schloss der Kette und öffnete die Tür. Ich sah Brunners Ehefrau. Sie trug einen Morgenrock und war offensichtlich gerade aufgestanden. „Treten Sie ein. Was gibt es so Wichtiges, dass Sie uns früh am Morgen stören müssen?" „Es ist sehr wichtig", antwortete ich und nickte ein wenig in Richtung des Dieners, um zu bedeuten, dass ich eine ungestörte Unterhaltung bevorzugte. Sie verstand sofort.
„Leo wird Ihnen einen Imbiss bringen. Ich mache mich derweil frisch, wenn Sie erlauben."

Leo führte mich in einen Raum in der Villa, den ich noch nicht kannte. Er ging von dem großen Eingangsbereich links ab. Er hatte etwas von einem Salon, an der einen Seite standen gefüllte Bücherregale, gegenüber hingen Gemälde, in der Mitte waren tiefe Sessel zu einer Runde angeordnet. Leo erleuchtete geschickt mit wenigen Handgriffen jeden Winkel. Es ist frappierend, wie schnell die Menschen ihr Wesen ändern können. Er war nun ausgesucht freundlich, redete mich umständlich mit Herr Kommissar an, platzierte mich in einem Sessel, an den er ein kleines Tischchen schob, dann brachte er Gebäck und Kaffee in einem Service aus schwerem Porzellan und fragte dreimal, ob ich noch Wünsche habe, bevor er sich zurückzog. Ich freute mich über das unverhoffte Frühstück.

Nach einer Viertelstunde war ich noch immer alleine, also beschloss ich, den Raum näher zu inspizieren. Während die anderen Räume, die ich im Erdgeschoss gesehen habe, kalt und unbewohnt wirkten, schien der Salon zu leben. Die Anordnung der Bücher konnte ich auf Anhieb nicht durchschauen, sie schienen aber nicht zufällig, sondern mit einem geheimen Plan sortiert zu sein. Alle Details in dem Salon hatten etwas von einem sorgfältig konstruierten Gemälde. Nur eine verbeulte Ledertasche, die auf einem der Sessel wie vergessen lag, passte nicht in das Bild. Ich sah mir die Bilder näher an. Das größte zeigte unübersehbar meine Gastgeberin, wie sie auf einer breiten Treppe, wahrscheinlich die im Empfangsbereich der Villa, steht, umflossen von einem goldenen Kleid inmitten von Rosenranken.
„Gefällt Ihnen das Bild?"
Ohne dass ich es bemerkt hatte, stand Emilie Brunner plötzlich hinter mir. Der Salon muss einen zweiten Eingang haben, den ich übersehen hatte.
„Ich glaube, ich kenne den Künstler." Mehr fiel mir nicht ein.
„Er ist großartig. Selbst wenn dieses grässliche Wien eines Tages im Schlamm der Donau versinkt – Lindt wird die Zeiten überleben, denn seine Kunst ist zeitlos."
Ich drehte mich um. Emilie Brunner hatte sich in kurzer Zeit ausgehfertig gemacht. Die Haare waren tadellos gesteckt, sie trug ein eng tailliertes schwarzes Kleid mit weißem Blumenmuster, darüber eine rote Tuchjacke. Aber all die Schönheit konnte nicht verdecken, dass sie diese Nacht kaum geschlafen haben konnte. Die Augen verrieten sie.
„Seine Moral allerdings ist gestrig", antwortete ich.
Sie zuckte mit den Schultern und schaute zur Seite. „Sie sind nicht gekommen, um mit mir über Moral zu sprechen, sondern über etwas... Wichtiges? Setzen Sie sich." Sie wies mir den Weg zur Sesselgruppe.
„Wo ist Ihr Mann?" fragte ich, während ich mich setzte.
„Was wollen Sie von meinem Mann? Weshalb verfolgen Sie ihn?" Sie setzte sich ebenfalls und lehnte sich zurück.
„Ich befürchte, Ihr Mann ist in großen Schwierigkeiten."

„Weshalb?"
„Ich glaube, dass er erpresst wird."
„Glauben Sie mir, mein Mann weiß sich zu wehren. Wer erpresst Ihn denn, ihrer Meinung nach? Etwa einer dieser talentlosen Bauunternehmer, die meinem Mann seit Jahren den Erfolg neiden?"
„Ich weiß nicht, wer ihn erpresst."
„Was wissen Sie dann? Sagen Sie nichts: Was ich weiß ist, dass Sie aus Lemberg kommen und hier seit Tagen für Unruhe sorgen. Sie haben es sogar in die Zeitung geschafft, Kompliment. Aber wer hat Sie eigentlich beauftragt?"
„Die Wiener Polizei."
„So?" Emilie schaute mich nachdenklich an. „Der Herr Polizeipräsident also. Ja, er hat so etwas gesagt. Ich erinnere mich. Er scheint wirklich viel von Ihnen zu halten. Aber wie kommen Sie darauf, dass mein Mann erpresst wird? Die Wiener Polizei kam hier noch nicht vorbei, und die kommen sonst immer. Wenn auch eher abends, wenn es Champagner gibt."
„War ihr Mann heute Nacht zu Hause?"
Emilie zuckte merklich zusammen und vermied Augenkontakt.
„Möchten Sie noch Kaffee?" Sie stand auf.
„Kennen Sie vielleicht ein Haus, das ihrem Mann gehört? Es steht in der Josephstadt vor einem kleinen Park und hat ein auffälliges Blumenmuster an der Fassade." Ohne es zu bemerken, starrte ich auf ihr Kleid, das ein ganz ähnliches Muster hatte. Sie bemerkte meinen Blick und zog ihre Jacke zu.
„Ein Haus mit Blumenfassade vor einem Park sagen Sie? Ich glaube, ich weiß, was Sie meinen. Das Haus gehörte meiner Familie, ich wurde dort geboren. Mein Mann hat es von meinem Vater zu unserer Hochzeit geschenkt bekommen. Es war sein erstes Bauvorhaben, er hat es sehr schön umgebaut und Preise gewonnen. Jetzt ist es ein Heim für hilfsbedürftige Mädchen und gehört der Philanthropischen Gesellschaft."
„Waren Sie dort einmal in letzter Zeit?"
„Nein, weshalb sollte ich?"
„Es ist heute leider mehr ein Heim für Mädchen, die, wie soll ich es sagen, in einem Bordell – am Graben – arbeiten."

Emilie antwortete lange nicht. Sie setze sich wieder, um Zeit zu gewinnen, stand aber schnell wieder auf. „Das macht mich traurig. Aber was all diese Mädchen nachts machen, das kann doch niemand wissen. Diese armen Mädchen – viele sind Waisen – bekommen hier bei uns die Chance, etwas zu lernen und einen Beruf zu erlangen. Aber man kann sie ja nicht dazu zwingen. Da kann immer mal ein junges Ding darunter sein, das partout nicht arbeiten will.“ Sie ging in Richtung Tür.

„Machen wir es so: Mein Mann ist heute den ganzen Tag in seinem Haus in der Cottage und arbeitet. Wenn er abends zurück kommt, werde ich ihm sagen, dass er sich um dieses Problem kümmern soll. Dafür hat seine philanthropische Gesellschaft ja eine Satzung. Ich möchte nicht, dass meine Familie ins Gerede kommt. Gerüchte entstehen ja so schnell.“ Sie machte eine Pause, dann wurde ihr Ton bestimmt. „Vielen Dank, dass Sie mich von all dem informiert haben. Aber ich muss mich jetzt von Ihnen verabschieden. Für mich stehen noch einige wichtige Unterredungen an. Gehaben Sie sich recht wohl.“

Im Hinausgehen hielt sie mich kurz an.
„Und denken Sie nichts Falsches. Lindt hat bislang nur mich porträtiert.“

Nachdenklich schritt ich die Treppen zur Straße hinunter. Sie war nicht ahnungslos. Aber was wusste sie? Deckte sie ihren Mann, wollte sie nicht sehen, obwohl sie alles weiß? Als ich das Tor öffnete, war mir, als ob ich einen Schatten links, direkt an dem Dienstboteneingang gesehen hätte. Die Gestalt bewegte sich flink, wie jemand, der sich vor mir verstecken wollte. Ich ließ reflexhaft meinen Koffer auf der Treppe stehen und rannte in seine Richtung. Ich konnte gerade noch sehen, wie ein junger Mann geschickt die Böschung hochkletterte und auf dem Anwesen verschwand. Für einen kurzen Moment sah ich das Profil seines Gesichtes. Ich kannte den Mann. Aber woher? Es war nicht der Mann, der mich vom Präsidium aus verfolgt hatte. Wer war es? Woher kannte ich ihn?

Wien 9. Dezember

Ich habe die Nacht kaum geschlafen. Ich war dann irgendwann morgens, die Sonne war gerade aufgegangen und leuchtete durch die Fenster, kurz eingenickt, als ich hörte, wie sich die Haustür öffnete. Es war Adam, der in die Wohnung schlich. Er schaute ängstlich zu mir auf dem Sofa, in der Hoffnung mich nicht geweckt zu haben. Aus irgendeinem Grund stellte ich mich schlafend. Er ging auf Zehenspitzen weiter und weckte Bibi. Die beiden tuschelten, und ich konnte kaum etwas verstehen. Nur dass es um Geld ging, und Bibi alle Sachen packen sollte, sobald er wieder weg ist. Dann bewegte er sich leise in meine Richtung, wie eine Katze, immer wieder prüfend, ob ich noch schlafe. Mit leicht geöffneten Augen konnte ich sehen, wie er eine Diele kurz vor der Zimmerwand löste und vorsichtig einen Revolver in seine Manteltasche steckte. Ich schloss die Augen. Ich hatte plötzlich furchtbare Angst. Bibi begann kurz darauf, ihre Sachen zu packen, ohne mich zu beachten.

23. Kapitel

Nun wurde auch mein Hotel überwacht. Mein morgendlicher Begleiter stand schlecht versteckt schräg gegen über auf der anderen Straßenseite und verlagerte vor Kälte frierend regelmäßig sein Gewicht von einem Bein auf das andere. Ich beschloss ein Kaffeehaus in der Nähe des Hotels aufzusuchen, das mir schon am ersten Tag aufgefallen war. Es war bereits gut gefüllt. Mir wurde ein Platz an der Fensterfront zugeteilt, von dem ich einen guten Blick auf das Treiben auf der Straße hatte. Es war die Stunde der Händler. Sie saßen auf vollbeladenen Kutschen, sie zogen Handkarren hinter sich her oder trugen ihre Waren in Körben, immer darauf bedacht, jeden kleinen Vorsprung für sich zu nutzen. Noch durch die Glasscheiben konnte ich ihr Geschrei und Gefluche hören.

Ich bestellte einen Mokka und ließ mir die Tageszeitungen bringen – eine reißerische Morgenausgabe mit einer großen düsteren Zeichnung und zwei eher seriösen Abendausgaben vom Vortag. Der „Debütantin-

nenmord“ war immer noch Thema auf den vorderen Seiten. Die Artikel waren amüsant zu lesen. Anonyme Zeugen wurden zitiert und wilde Theorien entwickelt. Die „Österreichische Kronenzeitung“ spekulierte über einen jüdischen Ritualmord, in dem auch ich eine kleine Rolle spielte.
In der „Neuen Freien Presse“ stolperte ich über einen Artikel, in dem Brunner als Visionär gefeiert wurde. Anlass war ein Treffen mit Geldgebern, auf dem er seine Pläne für eine neue Stadt in Argentinien vorgestellt hatte. Eine Stadt für die vielen Auswanderer aus unserem Kaiserreich! Das war wohl die Lösung. Er muss die Stadt in Miniatur in einem Zimmer bereits gebaut haben. Der Artikel war sehr wortreich, Brunners Anwesen in der „Cottage“ wurde ausführlich gewürdigt, sie lag in einem Stadtteil namens Döbling. Auch Brunners Frau hatte von einem Haus in der Cottage gesprochen. Cottage? Was ist das?

„Möchten der Herr noch etwas bestellen?“ Der Ober riss mich aus meinen Gedanken. „Nein, vielen Dank. Ich möchte bezahlen. Und ich brauche einen Kutscher, der sich in Döbling auskennt.“ Ich rundete großzügig auf. Der Ober nahm das Geld und verzog keine Miene. Ich hatte mich gerade fertig angezogen, da stand bereits eine Droschke vor dem Eingang.

Der Kutscher kannte Brunners Anwesen. Wir verließen die Innenstadt und fuhren über weite Brachflächen. Schon von Weitem konnte man an einem nackten Hang die Fassaden der skurrilen Häuser sehen, die wir ansteuerten. Sie hatten meist zwei Stockwerke mit ausgebautem Dach und waren wie alte Ritterburgen gebaut – mit Giebeln und Zinnen, manche hatten kleine Türmchen an den vorderen Ecken. Brunners Haus, wie mir der Kutscher versicherte, stand am Ende einer der breiten von Bäumen gesäumten Straße, die in ein Rondell überging. Auf dem Rondell standen ein Einspanner und ein Auto, das ich noch nie vorher gesehen hatte, wahrscheinlich ein Lohner-Porsche – versteckter Motor, dreieckiges Chassis – mit zugezogenem Verdeck. Ich bat meinen Kutscher, mich noch ein wenig durch die Nachbarschaft zu fahren, und ließ ihn in einiger Entfernung halten. Ich wollte mir ein Bild von dem Anwesen machen, bevor ich Brunner aufsuchte.

Ich fand schließlich einen unbebauten Platz direkt hinter seinem Haus, von dem ich hinter einer niedrigen Hecke ungesehen Einblick auf das Grundstück hatte.
Ich holte meinen kleinen Goerz-Feldstecher aus dem Koffer. Im hinteren Teil des Hauses befand sich ein großer Raum, in dem ich einen Tisch mit der Modellstadt entdeckte, die in dem Zeitungsartikel beschrieben wurde. In dem Nachbarraum entdeckte ich Brunner. Er war nicht alleine. Ein gedrungener Mann stand neben ihm, ein dritter schien an Brunner wie ein Schneider Maß zu nehmen. Aber dann erkannte ich, dass Brunners Oberkörper frei und bandagiert war. Die Bandagen waren blutig. Das war kein Schneider, sondern ein Arzt, der ihm einen Verband abnahm, was Brunner offensichtlich große Schmerzen bereitete, der gedrungene Mann musste ihn stützen. Brunner hob die Arme, seine Wunden wurden gereinigt und desinfiziert. Dann wurde er erneut verbunden. Nach einer kurzen Unterhaltung verabschiedete sich der Arzt. Ich sah, wie er kurz darauf mit dem Einspänner entschwand.

Dies war der richtige Zeitpunkt, um Brunner einen Besuch abzustatten. Aber noch jemand anderes hatte die gleiche Idee. Von einem Nachbargrundstück sah ich einen jungen Mann zu dem Dienstboteneingang an der Seite des Hauses huschen. Er hatte wohl auch die Abfahrt des Arztes abgewartet. Jetzt erkannte ich ihn. Es war der Mann, den ich am Morgen bei Brunners Frau gesehen habe, nur hatte er jetzt die seltsame Ledertasche umgehängt, die in ihrem Salon auf einem der Sessel lag. Er zögerte kurz, bevor er eintrat, und ich konnte für eine Sekunde sein Gesicht sehen. Es war Adam Schick, der Zuhälter aus Lemberg, da war kein Zweifel möglich.

Adam Schick? Der Zuhälter aus Lemberg? Ich konnte nicht lange über diesen seltsamen Zufall nachdenken, denn er verschwand sofort im Haus. Ich drängte mich durch die Hecke und rannte über den Rasen zum Seiteneingang. Ich hatte die Tür erreicht, als plötzlich zwei Schüsse aus dem Haus hallten. Adam stürzte aus der Tür, einen Revolver in der Hand. Fast hätte er mich umgerannt. Er war genauso überrascht mich zu sehen wie ich ihn. Mit großen Augen starrte er mich an.

„Ich habe nicht geschossen! Irgendetwas stimmt hier nicht, Herr Inspektor Adler."
Geschickt umrundete er mich und floh zurück zum Nachbargrundstück. Er war schnell. Ich ließ meinen Koffer fallen und rannte hinterher. Und er war schlau. Anders als ich, hatte er einen Kutscher warten lassen, wahrscheinlich war es ein Kompagnon. Adam sprang auf, die Kutsche setzte sich im gleichen Moment in Bewegung, ich konnte nur noch hinterher schauen.

Ich eilte zu Brunners Haus zurück, rannte durch den großen leeren Raum mit der Modellstadt, deren weiße Gebäude mit Blut bespritzt waren. Aber auch im Nachbarraum fand ich niemanden. Ich hörte Stimmen im Eingangsbereich. An der Eingangstür sah ich, wie der gedrungene Mann vom abgedeckten Hintersitz des Autos nach vorne sprang und den Motor startete. Ich rannte hinterher, hatte aber keine Chance. Das Auto beschleunigte, ohne aufheulenden Motor unfassbar schnell und verwandelte sich in kurzer Zeit zu einem kleinen schwarzen Punkt am Ende der Straße.

Was sollte ich tun?
Ich eilte zurück zu meinen Koffer und lief die Straße hinab, bis sich ein Kutscher fand, der mich zur Ringstraße brachte.

Ich war nun in Schrittweite zum Präsidium und meinem Hotel. Unschlüssig ging ich auf und ab, als ein Zeitungsverkäufer mir laut schreiend den Weg verstellte. Ich sah sofort, weshalb er sicher war, dass er seine Auflage schnell verkaufen würde. Auf der Titelseite prangte ein Foto von mir, das mich zeigte, wie ich mich über das blutige Kleid im Blumenhaus beugte. Darüber stand in großen Lettern:

„IST ER DER TÄTER?
WAS VERHEIMLICHT UNS DER KOMMISSAR AUS LEMBERG?

Printed in Poland
by Amazon Fulfillment
Poland Sp. z o.o., Wrocław

41746938R00078